STEPHEN KING THE GREEN MILE Teil 4

BASTEI
LÜBBE

STEPHEN KING
im BASTEI-LÜBBE-Taschenbuchprogramm:

THE GREEN MILE
13 950 Teil 1 Der Tod der jungen Mädchen
19 951 Teil 2 Die Maus im Todesblock
13 952 Teil 3 Coffey´s Hände
13 953 Teil 4 Der qualvolle Tod
13 954 Teil 5 Reise in die Nacht
19 955 Teil 6 Coffey´s Vermächtnis

13 001 Feuerkind - Roman
13 008 Shining - Roman
13 035 Cujo - Roman
13 043 Trucks - Filmerzählungen
13 088 Katzenauge - Filmerzählungen
13 121 Carrie - Roman
13 160 Nachtschicht - Erzählungen
13 299 Der Werwolf von Tarker Mills - Kalendergeschichten
13 411 The Stand - Roman

THE GREEN MILE
Teil 4

STEPHEN KING

DER QUALVOLLE TOD

Ins Deutsche übertragen
von Joachim Honnef

BASTEI
LÜBBE

BASTEI-LÜBBE-TASCHENBUCH
Band 13 865

Erste Auflage:
September 1996
Zweite Auflage:
November 1996

Deutsche Lizenzausgabe 1996
by Bastei-Verlag
Gustav H. Lübbe GmbH & Co.,
Bergisch Gladbach
Originaltitel: The Green Mile –
The Bad Death Of
Eduard Delacroix
Titelbild: © Copyright 1996
by Robert Hunt
Titeldesign: Carl Galian
Umschlaggestaltung:
Quadro Grafik, Bensberg
Satz: Digital-Offset-Druck
W. Steckstor, Bensberg
Druck und Verarbeitung:
Elsnerdruck, Berlin
Printed in Germany
ISBN 3-404-13865-1

Der Preis dieses Schubers versteht sich
einschließlich der gesetzlichen Mehrwertsteuer.

1

Abgesehen von all der anderen Schreiberei führe ich ein kleines Tagebuch, seit ich in Georgia Pines wohne – keine große Sache, nur ein paar Absätze pro Tag, hauptsächlich über das Wetter. Gestern abend habe ich darin geblättert. Ich wollte sehen, wie lange es her ist, seit mich meine Enkel, Christopher und Lisette, mehr oder weniger in das Altenheim gezwungen haben. »Zu deinem Besten, Opa«, sagten sie. Natürlich meinten sie es so. Sagen das nicht meistens die Leute, wenn sie endlich eine Lösung gefunden haben, wie sie ein Problem loswerden können, das geht und spricht?

Es ist etwas über ein Jahr her. Das Unheimliche ist, daß ich nicht weiß, ob ich es als ein Jahr oder länger oder kürzer *empfinde*. Mein Zeitgefühl schmilzt anscheinend wie der Schneemann eines Kindes während eines Tauwetters im Januar. Es ist, als ob Zeit, wie sie immer war – Eastern Standard Time, Sommerzeit, Arbeitszeit – nicht mehr existiert. Hier gibt es nur Georgia Pines Time, und das ist Alte-Mann-Zeit, Alte-Frau-Zeit und Piss-ins-Bett-Zeit. Der Rest ... alles weg. Vorbei.

Dies ist ein verdammt gefährlicher Ort. Man merkt es zuerst nicht, man denkt, er ist nur langweilig, etwa so gefährlich wie ein Kindergarten zur Mittagsschlafzeit, aber er ist gefährlich, das kann ich Ihnen sagen. Seit ich hier bin, habe ich viele Leute in die Senilität gleiten sehen, und manchmal ist es kein Gleiten – manchmal geht es mit der Geschwindigkeit eines schnelltauchenden U-Boots hinab. Wenn sie herkommen, sind sie meistens in Ordnung – mit trüben Augen, auf den Stock angewiesen, mit vielleicht etwas schwacher Blase, aber sonst okay –, und dann passiert etwas mit ihnen. Einen Monat später sitzen sie nur noch im Fernsehraum, starren mit stumpfem Blick zu Oprah Winfrey auf dem Bildschirm und halten ein vergessenes Glas Orangensaft schief und tröpfelnd mit zittriger Hand. Einen Monat später muß man ihnen die Namen ihrer Kinder sagen, wenn sie zu Besuch kommen. Und wieder einen Monat später muß man sie an ihren eigenen Namen erinnern. Wie ich schon sagte, etwas passiert mit ihnen: Die Georgia-Pines-Zeit passiert mit ihnen. Die Zeit hier ist wie eine schwache Säure, die zuerst die Erinnerung auslöscht und dann den Wunsch weiterzuleben.

Man muß dagegen ankämpfen. Das sage ich auch Elaine Connelly, meiner besonderen Freundin. Es ist besser für mich geworden, seit ich aufschreibe, was ich 1932 erlebte, das Jahr, in dem John Coffey zu der Green Mile kam. Einige der Erinnerungen sind schrecklich, aber ich spüre, daß sie meinen Verstand und mein Bewußtsein schärfen wie ein Messer einen Bleistift, und das ist der Schmerz wert. Aber das Schreiben und die Erinnerung allein sind nicht genug. Ich habe auch einen Körper, so verfallen und grotesk er vielleicht jetzt sein mag, und ich trimme ihn, soviel ich kann. Zuerst war es hart – mit alten Knackern wie mir ist nicht viel los, wenn es um Leibesübungen nur um der Fitneß willen geht –, aber es ist jetzt leichter, weil meine Spaziergänge einen Zweck haben.

Ich mache meinen ersten Spaziergang vor dem Frühstück – an den meisten Tagen, sobald es hell wird. Diesen Morgen hat es geregnet, und bei feuchtem Wetter schmerzen meine Gelenke, aber ich nahm einen Poncho von den Garderobenhaken bei der Küchentür und ging trotzdem hinaus. Wenn man eine Aufgabe hat, muß man sie erfüllen, und wenn das schmerzt, ist es nicht zu ändern. Außerdem gibt es Belohnungen. Die größte ist, das Gefühl für die wahre Zeit zu behalten, im Gegensatz zu der Georgia-Pines-Zeit. Und ich mag den Regen, Schmerzen oder nicht. Besonders am frühen Morgen, wenn der Tag jung und scheinbar voller Möglichkeiten ist, sogar für einen erschöpften alten Knaben wie mich.

Ich ging durch die Küche, schnorrte zwei Scheiben Toast von einem der noch schläfrigen Köche und ging hinaus. Ich überquerte die Krocket-Spielstraße und dann das kleine Putting Green, das voller Unkraut war. Jenseits davon ist ein Wäldchen mit einem engen gewundenen Pfad hindurch und ein paar Schuppen am Weg, die nicht mehr benutzt werden und still vor sich hin modern. Ich ging langsam über diesen Pfad, lauschte auf das geheimnisvolle Prasseln des Regens in den Kiefern und mampfte mit meinen wenigen verbliebenen Zähnen ein Stück Toast. Meine Beine taten weh, aber es war nur ein leichter, erträglicher Schmerz. Sonst fühlte ich mich ziemlich gut. Ich sog die feuchte graue Luft so tief ein, wie ich konnte, nahm sie auf wie Nahrung.

Und als ich zum zweiten dieser alten Schuppen gelangte, ging ich für eine Weile hinein und kümmerte mich darin um meine Aufgabe.

Zwanzig Minuten später spazierte ich auf dem Pfad zurück. Ich spürte einen Wurm von Hunger in meinem Magen nagen und sagte mir, daß ich etwas Kräftigeres als Toast essen konnte. Einen Teller Haferschleim und vielleicht sogar ein Rührei mit einem Würstchen. Ich liebe Würstchen, habe sie immer gemocht, aber wenn ich heutzutage mehr als eins esse, neige ich zu Durchfall. Wenn ich nur ein Würstchen esse, geht jedoch alles gut. Dann, mit vollem Bauch und mit von der feuchten Luft aufgemöbeltem Verstand (hoffte ich jedenfalls), würde ich ins Solarium gehen und über die Hinrichtung von Eduard Delacroix schreiben. Das würde ich so schnell wie möglich tun, damit ich nicht den Mut verlöre.

Ich dachte an Delacroix' Maus Mr. Jingles, als ich die Krocket-Spielstraße überquerte und zur Küchentür ging – wie Percy Wetmore die Maus niedergestampft und ihr das Rückgrat gebrochen und wie Delacroix geschrien hatte, als ihm klargeworden war, was sein Feind getan hatte –, und ich sah nicht Brad Dolan, der, von der Abfalltonne halb versteckt, neben der Tür stand. Ich nahm ihn erst wahr, als er mich am Handgelenk packte.

»Kleinen Spaziergang gemacht, Paulie?« fragte er.

Ich zuckte zurück und riß mein Handgelenk los. Einiges war einfach auf das Erschrecken zurückzuführen – jeder wird zurückzucken, wenn er sich erschreckt –, aber das war nicht alles. Ich hatte an Percy Wetmore gedacht, wissen Sie, und Brad erinnert mich immer an ihn. Teils liegt es daran, daß Brad wie Percy stets mit einem Schmöker in der Tasche herumläuft (bei Percy waren es immer Abenteuermagazine; bei Brad sind es kleine Taschenbücher mit Witzen, über die man nur lachen kann, wenn man blöde und gemein ist), teils weil er sich aufführt wie König Scheiße von Schloß Kackhaufen, aber hauptsächlich liegt es daran, daß er hinterhältig ist und anderen gern weh tut.

Er war gerade erst zur Arbeit gekommen und hatte noch nicht seine weiße Pflegerkluft angezogen. Er trug Jeans und ein lässig aussehendes Hemd im Western-Stil. In einer Hand hielt er den Rest eines Blätterteigteilchens, das er in der Küche gemopst hatte. Er stand unter dem Dachvorsprung, wo er futtern konnte, ohne naß zu werden. Und wo er mich belauern konnte, dessen bin ich mir jetzt ziemlich sicher. Ich bin mir auch bei etwas anderem ziemlich sicher: Ich werde mich vor Mr. Brad Dolan in acht nehmen müssen. Er mag mich nicht besonders. Ich weiß nicht, warum, aber ich wußte auch nie, warum Percy Wetmore eine Abneigung gegen Delacroix hatte. Und ›Abneigung‹ ist wirklich ein zu schwaches Wort. Percy haßte Del wie die Pest von dem Moment an, als der kleine Franzose zur Green Mile kam.

»Was ist mit dem Poncho, den du anhast, Paulie?« fragte Brad Dolan und drehte den Kragen um. »Das ist nicht deiner.«

»Den hab' ich aus dem Flur vor der Küche genommen«, sagte ich. Ich hasse es, wenn er mich Paulie nennt, und ich denke, das weiß er, aber ich wollte ihm nicht die Befriedigung geben, es mir anzusehen. »Da hängt eine ganze Reihe davon. Ich hab' ihn nicht beschädigt, nicht wahr? Schließlich ist das Ding für den Regen gemacht.«

»Aber er ist nicht für *dich* gemacht, Paulie«, sagte er und zurrte wieder daran. »Das ist der springende Punkt. Diese Regenhäute sind für die Angestellten bestimmt, nicht für die Heimbewohner.«

»Ich verstehe immer noch nicht, wer dadurch einen Schaden hat, wenn ich einen benutze.«

Er lächelte dünn. »Es geht nicht um *Schaden,* es geht um die *Vorschriften.* Was wäre das Leben ohne Vorschriften? Paulie, Paulie, Paulie.« Er schüttelte den Kopf, als bedauerte er zu leben, bloß weil er meinen Anblick ertragen mußte. »Du meinst vielleicht, ein alter Furzer wie du braucht sich nicht mehr an Vorschriften zu halten, aber das ist ein Irrtum, *Paulie.*«

Brad lächelte mich an. Konnte mich nicht leiden. Haßte mich vielleicht sogar. Und warum? Ich weiß es nicht. Manchmal gibt es keinen Grund. Das ist das Unheimliche.

»Nun, es tut mir leid, daß ich gegen die Vorschriften verstoßen habe«, sagte ich. Es klang ein wenig weinerlich, etwas schrill, und ich haßte mich deswegen, aber ich bin alt, und alte Leute sind leicht weinerlich. Alte Leute sind leicht *ängstlich*.

Brad nickte. »Entschuldigung angenommen. Und jetzt häng das Ding wieder auf. Du hast ohnehin nicht draußen im Regen herumzuspazieren. Besonders nicht in dem Wäldchen. Was ist, wenn du ausrutschst und fällst und dir die Hüfte brichst? Hä? Wer, glaubst du, muß deine Last dann den Hügel hoch zurück ins Haus schleppen?«

»Ich weiß es nicht«, sagte ich. Ich wollte nur von ihm weg. Je länger ich ihm zuhörte, desto mehr klang er wie Percy. William Wharton, der Verrückte, der im Herbst '32 zur Green Mile kam, schnappte einmal Percy und jagte ihm eine solche Angst ein, daß er sich in die Hosen pinkelte. *Wenn ihr das irgend jemandem erzählt, seid ihr alle binnen einer Woche arbeitslos und könnt betteln gehen*, drohte uns Percy hinterher. Und jetzt, nach all diesen Jahren, konnte ich Brad Dolan fast die gleichen Worte sagen hören, im gleichen Tonfall. Es ist fast, als ob ich durch das Schreiben über diese alten Zeiten irgendeine geheime Tür aufgeschlossen habe, die Vergangenheit und Gegenwart verbindet. Von Percy Wetmore zu Brad

Dolan, von Janice Edgecombe zu Elaine Connelly, vom Staatsgefängnis Cold Mountain zum Altenheim Georgia Pines. Und wenn mich dieser Gedanke heute nacht nicht wachhält, dann wird mich wohl nichts wachhalten.

Ich tat so, als wollte ich durch die Küchentür gehen, und Brad packte mich wieder am Handgelenk. Ich weiß nicht, ob es auch schon beim ersten Mal so war, aber diesmal tat er mir absichtlich weh, quetschte mein Handgelenk, um mir Schmerzen zuzufügen. Sein Blick zuckte hin und her, und Brad vergewisserte sich, daß niemand in der Nässe des frühen Morgens sah, wie er einen der Alten mißhandelte, die er pflegen sollte.

»Was treibst du auf diesem Pfad?« fragte er. »Ich weiß, daß du nicht dort hingehst, um zu wichsen, diese Zeit hast du lange hinter dir, also, was treibst du da?«

»Nichts«, sagte ich und ermahnte mich, ruhig zu sein, ihm nicht zu zeigen, wie sehr er mir weh tat. Ja, ich mußte die Ruhe bewahren und daran denken, daß er nur den Pfad erwähnt hatte – von dem Schuppen wußte er nichts. »Ich gehe nur spazieren. Um einen klaren Kopf zu bekommen.«

»Zu spät dafür, Paulie, dein Kopf wird nie wieder klar werden.« Er quetschte mein dünnes Altmännerhandgelenk wieder, daß ich glaubte, das Knirschen der Knochen zu hören, und dabei irrte sein Blick hin und her, und er vergewisserte sich, daß er sicher war. Brad machte es nichts aus, gegen die Vorschriften zu verstoßen; er hatte nur

Angst davor, dabei *erwischt* zu werden. Und auch in diesem Punkt war er wie Percy Wetmore, der einen immer daran erinnerte, daß er der Neffe des Gouverneurs war. »So alt, wie du bist, ist es ein Wunder, daß du dich erinnern kannst, *wer* du bist. Du bist *zu* verdammt alt. Sogar für ein Museum wie dieses. Bei deinem Anblick bekomme ich eine Gänsehaut, Paulie.«

»Laß mich los«, sagte ich und bemühte mich, nicht weinerlich zu klingen. Nicht nur aus Stolz. Ich dachte mir, das Weinerliche in meiner Stimme würde ihn reizen – wie der Geruch von Schweiß manchmal einen Hund zum Zubeißen reizt, der sonst nur knurren würde. Das brachte mich auf den Gedanken an einen Reporter, der über John Coffeys Prozeß berichtet hatte. Der Reporter war ein schrecklicher Mann namens Hammersmith, und das Schrecklichste an ihm war, daß er nicht gewußt hatte, wie schrecklich er war.

Anstatt mich loszulassen, quetschte Brad Dolan wieder mein Handgelenk. Ich stöhnte auf. Ich wollte es nicht, aber ich konnte nichts dafür. Der Schmerz stach bis zu meinen Fußknöcheln hinab.

»Was treibst du dort auf dem Pfad, Paulie? Sag's mir.«

»Nichts!« sagte ich. Ich heulte nicht, noch nicht, aber ich befürchtete, daß ich es bald tun würde, wenn er mir weiter so zusetzte. »Nichts, ich gehe nur spazieren, ich spaziere gern, laß mich los!«

Das tat er, aber nur, um meine andere Hand zu

packen. Die war zur Faust geballt. »Mach auf«, sagte er. »Laß Papa sehen, was du da hast.«

Ich zeigte ihm die Handfläche, und als er sah, was darauf lag, grunzte er angewidert. Es war nur der Rest meiner zweiten Scheibe Toast. Ich hatte die rechte Hand zur Faust geballt, als er mein linkes Handgelenk gequetscht hatte, und an meinen Fingern klebte Butter – nun, natürlich Margarine, es gab hier keine Butter.

»Geh rein und wasch dir deine verdammten Pfoten«, sagte er, trat zurück und biß einen Happen von seinem Blätterteigteilchen ab. »Mein Gott.«

Ich ging die Treppe hinauf. Meine Beine zitterten, und mein Herz hämmerte wie ein Motor mit undichten Ventilen und wackelnden alten Kolben. Als ich die Hand auf den Türgriff legte und in die Küche – und in die Sicherheit – gehen wollte, sagte Dolan: »Wenn du jemandem erzählst, daß ich dein armes altes Händchen gequetscht habe, sage ich, daß du spinnst. Beginn seniler Demenz wahrscheinlich. Und du weißt, daß man mir glauben wird. Wenn du blaue Flecken kriegst, wird man denken, du hast sie dir selbst zugefügt.«

Ja. Das stimmte. Und wieder einmal hätte Percy Wetmore das sagen können, ein Percy, der irgendwie jung und gemein geblieben war, während ich alt und gebrechlich geworden war.

»Ich sage keinem etwas«, murmelte ich. »Es gibt nichts zu sagen.«

»So ist es richtig, Opa.« Sein Tonfall war leicht

und spöttisch, der Tonfall eines Arschlochs (um Percys Wort zu benutzen), das dachte, es werde ewig jung bleiben. »Und ich werde alles daran setzen herauszufinden, was du da treibst. Hast du gehört?«

Ja, ich hatte es gehört, aber ich wollte ihm nicht die Genugtuung geben, es zu bestätigen.

Ich ging in die Küche, durchquerte sie (ich roch jetzt Eier und Würstchen, aber der Appetit war mir vergangen) und hängte den Poncho auf den Haken. Dann ging ich nach oben auf mein Zimmer – machte bei jeder Treppenstufe eine Pause – damit sich mein Pulsschlag beruhigen konnte – und sammelte mein Schreibmaterial zusammen.

Anschließend ging ich hinunter ins Solarium. Ich hatte mich gerade an den kleinen Tisch beim Fenster gesetzt, als meine Freundin Elaine den Kopf zur Tür hereinsteckte. Sie sah müde und unpäßlich aus, wie ich fand. Sie hatte ihr Haar gekämmt, war aber noch im Morgenmantel. Wir alten Schätzchen halten nicht viel von Förmlichkeiten; meistens können wir sie uns nicht erlauben.

»Ich will dich nicht stören«, sagte sie. »Ich sehe, du willst schreiben ...«

»Sei nicht albern«, sagte ich. »Ich habe mehr Zeit, als Carter Leberpillen hat. Komm herein.«

Sie trat ein, blieb jedoch bei der Tür stehen. »Ich konnte einfach nicht schlafen – wieder mal – und schaute vor einiger Zeit zufällig aus dem Fenster ... und ...«

»Und du sahst Mr. Dolan und mich bei unserem freundlichen kleinen Plausch.« Ich hoffte, sie hatte nur zugesehen und bei geschlossenem Fenster nicht gehört, daß ich gewinselt hatte, um losgelassen zu werden.

»Es sah nicht freundlich aus«, sagte sie. »Paul, dieser Mr. Dolan hat sich über dich erkundigt. Er hat *mich* über dich ausgefragt – in der vergangenen Woche war das. Ich habe mir zuerst nicht viel dabei gedacht, nur daß er seine häßliche lange Nase nicht in anderer Leute Angelegenheiten stecken soll, aber jetzt mache ich mir Gedanken.«

»Er hat sich nach mir erkundigt?« Ich hoffte, daß es nicht so besorgt klang, wie ich mich fühlte. »Was wollte er denn wissen?«

»Wohin du spazierst, zum Beispiel. Und *warum* du spazierengehst.«

Ich lachte gezwungen. »Das ist ein Mann, der nichts von Körperertüchtigung hält, soviel ist klar.«

»Er denkt, du hast ein Geheimnis.« Sie musterte mich. »Und ich denke das auch.«

Ich öffnete den Mund – was ich sagen wollte, weiß ich nicht –, aber Elaine hob eine ihrer knorrigen, jedoch sonderbar schönen Hände, bevor ich ein einziges Wort herausbringen konnte. »Wenn du eins hast, will ich nicht wissen, was es ist, Paul. Deine Angelegenheiten gehen mich nichts an. Ich wurde erzogen, so zu denken, aber nicht jeder lernt, daß man sich nicht in anderer Leute Dinge einmischt. Sei vorsichtig. Das ist alles, was ich dir sagen will. Und jetzt lasse ich dich allein, damit du arbeiten kannst.«

Sie wandte sich um und ging, doch bevor sie durch die Tür war, rief ich ihren Namen. Sie drehte sich mir zu und schaute mich fragend an.

»Wenn ich fertig habe, was ich schreibe ...«, begann ich und schüttelte dann leicht den Kopf. Das war falsch formuliert. »*Falls* ich zu Ende bringe, woran ich schreibe, würdest du es lesen?«

Sie überlegte anscheinend, und dann schenkte sie mir die Art Lächeln, bei der ein Mann sich leicht verlieben kann, sogar wenn er so alt ist wie ich. »Das wäre mir eine Ehre.«

»Warte lieber, bis du es gelesen hast, bevor du von Ehre sprichst«, sagte ich und dachte an Delacroix' Tod.

»Ich werde es lesen«, sagte sie. »Jedes Wort. Ich verspreche es. Doch du mußt es vorher zu Ende schreiben.«

Sie ließ mich allein, damit ich arbeiten konnte, doch es dauerte lange, bis ich irgend etwas schrieb. Ich saß fast eine Stunde lang da und starrte aus dem Fenster, klopfte mit meinem Kugelschreiber an die Tischseite und beobachtete, wie sich der graue Tag allmählich ein wenig aufhellte. Ich dachte über Brad Dolan nach, der mich Paulie nennt und stets Witze über Schlitzaugen und Nigger und Itaker und Iren macht, und ich dachte an Elaine Connellys Worte. *Er denkt, du hast ein Geheimnis. Ich denke das auch.*

Und vielleicht habe ich eins. Ja, vielleicht

stimmt es. Und natürlich will Brad Dolan es wissen. Nicht, weil er meint, es sei wichtig (das ist es nur für mich, nehme ich an), sondern weil er der Ansicht ist, sehr alte Männer wie ich sollten keine Geheimnisse haben. Sie sollten keine Ponchos vom Haken vor der Küche nehmen und auch keine Geheimnisse haben. Unsereins sollte nicht auf den Gedanken kommen, daß wir noch Menschen seien. Und warum sollte man uns solch einen Gedanken nicht erlauben? Brad Dolan weiß nichts. Und darin ist er ebenfalls wie Percy.

Meine Gedanken kehrten schließlich wie ein Fluß nach einer langen Biegung dorthin zurück, wo sie gewesen waren, als Brad Dolan mich am Handgelenk gepackt hatte: zu Percy, dem bösartigen Percy Wetmore, und wie er sich an dem Mann gerächt hatte, der ihn ausgelacht hatte. Delacroix hatte die bunte Spule geworfen – Mr. Jingles würde sie holen –, und sie prallte von der Wand ab und hüpfte durch die Gitterstäbe der Zelle auf den Gang.

Da sah Percy seine Chance.

2

»Nein, du Narr!« brüllte Brutal, aber Percy hörte nicht auf ihn. Gerade als Mr. Jingles die Spule erreichte – zu sehr darauf konzentriert, um zu bemerken, daß sein alter Feind in der Nähe

war –, stampfte Percy mit der Sohle eines harten schwarzen Arbeitsschuhs auf ihn. Es knackte, als Mr. Jingles' Rückgrat brach, und Blut schoß aus seinem Mund. Seine kleinen schwarzen Augen quollen aus den Höhlen, und ich sah darin einen Ausdruck von Überraschung und Qual, der nur allzu menschlich war.

Delacroix schrie vor Entsetzen und Trauer. Er warf sich an die Tür seiner Zelle, streckte die Arme so weit, wie er konnte, durch die Gitterstäbe und schrie immer wieder den Namen der Maus.

Percy wandte sich ihm zu und lächelte. Er wandte sich auch zu mir und Brutal. »Ich wußte, daß ich ihn früher oder später erwische. War wirklich nur eine Frage der Zeit.« Dann machte er kehrt und stolzierte über die Green Mile davon, während Mr. Jingles auf dem grünen Linoleum lag, das sich mit seinem Blut färbte.

Dean erhob sich hinter dem Wachpult, stieß mit dem Knie an und warf das Cribbage-Markierbrett vom Pult. Die Pins flogen aus ihren Löchern und rollten in alle Richtungen. Weder Dean noch Harry, der gerade ausgeschieden war, beachteten das umgekippte Spiel.

»Was hast du diesmal getan?« schrie Dean Percy an. »Was, zum Teufel, war es diesmal, du blöder Stümper?« Percy gab keine Antwort. Er stolzierte wortlos an dem Pult vorbei und strich sein Haar mit den Fingern glatt. Er ging durch mein Büro und in den Vorratsraum. William Wharton antwortete an seiner Stelle.

»Boß Dean? Ich glaube, er hat einem gewissen Pommes frites gezeigt, daß es nicht klug ist, ihn auszulachen«, sagte er, und dann begann er selbst zu lachen. Es war ein gutes Lachen, ein *Country*-Lachen, fröhlich und tief. Ich habe während dieser Zeit meines Lebens Menschen kennengelernt (meistens sehr unheimliche Leute), die nur normal klangen, wenn sie lachten. Wild Bill Wharton war einer dieser Typen.

Ich schaute wieder benommen auf die Maus. Mr. Jingles atmete noch, aber winzige Blutperlen hatten sich in seinen Barthaaren verfangen, und in die zuvor glänzenden schwarzen Augen schlich sich eine dumpfe Trübung. Brutal hob die bunte Rolle auf, schaute darauf und sah dann mich an. Er wirkte so betäubt, wie ich mich fühlte. Hinter uns schrie Delacroix seine Trauer und sein Entsetzen hinaus. Es ging natürlich nicht nur um die Maus; Percy hatte ein Loch in Delacroix' Abwehrmechanismus geschlagen, und all sein Entsetzen strömte heraus. Aber Mr. Jingles war der Mittelpunkt für diese aufgestauten Gefühle, und es war schrecklich, Del schreien zu hören.

»Oh, *non*«, schrie er immer wieder zwischen verstümmelten Gebeten auf Cajun-Französisch. »Oh, *non*, oh, *non*, arme Mr. Jingles, arme gute Mr. Jingles, oh, *non!*«

»Geben Sie ihn mir.«

Ich blickte überrascht auf und war mir erst nicht sicher, wer das mit tiefer Stimme gesagt hatte. Dann sah ich John Coffey. Wie Delacroix hatte er die Arme durch die Gitterstäbe seiner Zellentür gestreckt, obwohl er sie nur bis zur Hälfte seiner Unterarme hindurch bekam; danach waren die Arme einfach zu dick. Und im Gegensatz zu Del fummelte er nicht mit seinen Armen herum, sondern streckte sie, so weit er konnte, aus und hielt die Handflächen offen. Es war eine zielbewußte, fast drängende Geste. Und seine Stimme klang ebenso, was der Grund war, nehme ich an, weshalb ich sie zuerst nicht als die Stimme von John Coffey erkannt hatte. Er wirkte jetzt ganz anders als die verlorene, weinende Seele, die in den vergangenen paar Wochen diese Zelle bewohnt hatte.

»Geben Sie ihn mir, Mr. Edgecombe! Solange noch Zeit ist!«

Dann erinnerte ich mich an das, was er für mich getan hatte, und ich verstand. Ich sagte mir, es konnte nicht schaden, aber ich bezweifelte, daß es helfen würde. Als ich die Maus aufhob, zuckte ich bei dem Gefühl zusammen – da stachen so viele gesplitterte Knochen an verschiedenen Stellen aus Mr. Jingles' Fell, daß er sich anfühlte wie ein fellbespanntes Nadelkissen. Dies war keine Blaseninfektion. Aber ...

»Was machst du da?« fragte Brutal, als ich Mr. Jingles auf Coffeys gewaltige rechte Hand setzte. »Was, zum Teufel, soll das?«

Coffey zog die Maus durch die Gitterstäbe in die Zelle. Mr. Jingles lag schlaff auf Coffeys Handfläche, der Schwanz hing im Bogen zwischen Coffeys Daumen und Zeigefinger, und die

Spitze zuckte schwach mitten in der Luft. Dann bedeckte Coffey seine rechte Hand mit der linken, schuf eine Art Hohlraum, in dem die Maus lag. Wir konnten von Mr. Jingles nur noch den Schwanz sehen, der herabhing und dessen Spitze wie ein langsamer werdendes Pendel zuckte. Coffey hob seine Hände zum Gesicht, spreizte dabei die Finger der Rechten und schuf Zwischenräume wie zwischen Gefängnisgittern. Der Schwanz der Maus hing jetzt von derjenigen Seite seiner Hände, die uns zugewandt war.

Brutal schob sich neben mich und hielt immer noch die bunte Garnrolle in der Hand. »Was macht der da?«

»Pst«, sagte ich.

Delacroix hatte aufgehört zu schreien. »Bitte, John«, flüsterte er. »Oh, Johnny, 'elfen ihm, bitte 'elfen ihm, oh, *s'il vous plaît*.«

Dean und Harry kamen dazu. Harry hielt immer noch unsere alten Spielkarten in der Hand. »Was ist los?« fragte Dean, aber ich schüttelte nur den Kopf. Ich fühlte mich wieder wie hypnotisiert, und ich fress 'nen Besen, wenn ich das nicht war.

Coffey hielt den Mund zwischen zwei seiner Finger und atmete tief ein. Die Zeit schien einen Moment lang stillzustehen. Dann hob er den Kopf von den Händen, und ich sah das Gesicht eines Mannes, der schrecklich krank war oder furchtbare Schmerzen hatte. Seine Augen blickten scharf und schienen zu lodern. Coffeys Schneidezähne bissen in seine volle Unterlippe;

das dunkle Gesicht hatte die Farbe von Asche angenommen, die in Schlamm verrührt worden war. Ein erstickter Laut klang tief aus seiner Kehle.

»Allmächtiger«, flüsterte Brutal. Die Augen drohten ihm aus dem Gesicht zu fallen.

»Was?« Harry schrie fast. »Was ist?«

»Der Schwanz! Siehst du das nicht? Der *Schwanz*!«

Mr. Jingles' Schwanz war nicht länger ein sterbendes Pendel; er schwang lebhaft hin und her wie der Schwanz einer Katze, die in der Stimmung ist, einen Vogel zu schnappen. Und dann ertönte aus Coffeys Handflächen ein uns allen vertrautes Quieken.

Coffey stieß wieder diesen erstickten, kehligen Laut aus und wandte dann den Kopf wie jemand, der im Mund Schleim hat, den er ausspucken will.

Statt dessen atmete er eine Wolke schwarzer Insekten – ich *denke*, es waren Insekten, und die anderen sagten das gleiche, aber bis heute bin ich mir nicht sicher – aus Mund und Nase aus. Sie wogten um ihn herum wie eine dunkle Wolke, hinter der vorübergehend seine Gesichtszüge verschwanden.

»Mein Gott, was ist das?« fragte Dean mit schriller, angsterfüllter Stimme.

»Alles in Ordnung«, hörte ich mich sagen. »Keine Panik, es ist alles okay, in ein paar Sekunden werden sie fort sein.«

Es war genau wie an dem Tag, an dem Coffey

meine Blaseninfektion geheilt hatte. Die ›Insekten‹ wurden weiß und verschwanden. »Nicht zu glauben«, flüsterte Harry.

»Paul?« fragte Brutal mit bebender Stimme. »Paul?«

Coffey sah wieder okay aus – wie jemand, der erfolgreich einen Bissen Fleisch ausgehustet hat, an dem er zu ersticken drohte. Er bückte sich, hielt die übereinander gewölbten Hände auf den Boden, spähte durch die Lücken zwischen seinen Fingern und öffnete die Hände. Mr. Jingles, völlig fit – mit tadellosem Rückgrat, und kein einziger Knochensplitter ragte aus dem Fell –, flitzte heraus. Er verharrte kurz an der Tür von Coffeys Zelle und lief dann über die Green Mile in Delacroix' Zelle.

Ich bemerkte, daß immer noch kleine Blutperlen an seinen Barthaaren klebten.

Delacroix hob Mr. Jingles auf, lachte und weinte gleichzeitig und bedeckte die Maus ungeniert mit schmatzenden Küssen. Dean und Harry und Brutal sahen in stummem Staunen zu. Dann trat Brutal vor und hielt die bunte Rolle durch die Gitterstäbe. Delacroix sah sie zuerst nicht; er war zu sehr in Anspruch genommen von Mr. Jingles. Er war wie ein Vater, dessen Sohn vor dem Ertrinken gerettet worden war. Brutal tippte ihm mit der bunten Rolle auf die Schulter. Delacroix blickte auf, sah sie, nahm sie und widmete sich wieder Mr. Jingles.

Er streichelte das Fell und verschlang ihn mit Blicken, wie um sich zu bestätigen, ja, die Maus ist wohlauf, die Maus ist heil und gesund, und alles ist in Ordnung.

»Wirf die Rolle«, sagte Brutal. »Ich möchte sehen, wie Mr. Jingles hinterherläuft.«

»Er ist in Ordnung, Boß Howell, er wieder gut, Gott sei danke . . .«

»Wirf die Rolle«, wiederholte Brutal. »Na, mach schon, Del.«

Delacroix bückte sich sichtlich widerstrebend, weil er Mr. Jingles nicht aus den Händen geben wollte, jedenfalls noch nicht. Dann warf er sehr behutsam die Rolle. Die ehemalige bemalte Spule rollte durch die Zelle an der Corona-Zigarrenkiste vorbei und zur Wand. Mr. Jingles lief hinterher, war aber nicht ganz so schnell wie früher. Er humpelte ganz leicht mit seinem linken Hinterbein, und das beeindruckte mich am meisten – ich nehme an, dieses leichte Humpeln machte es real.

Er gelangte jedoch zu der Rolle und rollte sie mit der Nase zu Delacroix zurück – die alte Begeisterung war immer noch da. Ich blickte zu John Coffey, der an der Tür seiner Zelle stand und lächelte. Es war ein müdes Lächeln, und ich konnte es nicht als wirklich glücklich bezeichnen, aber der verzweifelte, drängende Ausdruck, den sein Gesicht gehabt hatte, als er mich gebeten hatte, ihm die Maus zu geben, war verschwunden. Ebenso der Ausdruck von Schmerz und der Furcht, als würde er ersticken. Es war wieder unser John Coffey, mit der geistesabwesenden Miene und dem sonderbaren, wie in weite Ferne gerichteten Blick. »Du hast geholfen«, sagte ich. »Nicht wahr, großer Junge?«

»Richtig«, sagte Coffey. Das Lächeln vertiefte sich ein wenig, und für einen Moment *war* es glücklich. »Ich habe geholfen. Ich habe Dels Maus geholfen. Ich habe ...« Er verstummte, konnte sich nicht an den Namen erinnern.

»Mr. Jingles«, sagte Dean. Er schaute John vorsichtig und staunend an, als erwartete er, daß Flammen aus ihm schlugen oder vielleicht eine Flut seine Zelle unter Wasser setzte.

»Richtig«, sagte Coffey. »Mr. Jingles. Er ist eine Zirkusmaus. Wird in Mouseville wohnen.«

»Worauf du wetten kannst«, sagte Harry, der jetzt ebenfalls John Coffey anstarrte. Hinter uns legte sich Delacroix auf die Pritsche und hielt Mr. Jingles auf der Brust. Del sang leise für ihn irgendein französisches Liedchen, das wie ein Wiegenlied klang.

Coffey blickte über die Green Mile zum Wachpult und der Tür, die in mein Büro und weiter in den Lagerraum jenseits davon führte. »Boß Percy ist böse«, sagte er. »Boß Percy ist gemein. Er hat auf Dels Maus getreten. Er hat auf Mr. Jingles getreten.«

Und dann, bevor wir etwas zu ihm sagen konnten – ehe uns etwas eingefallen war –, ging John Coffey zu seiner Pritsche zurück, legte sich darauf und drehte sich mit dem Gesicht zur Wand.

3

Percy stand mit dem Rücken zu uns da, als Brutal und ich zwanzig Minuten später den Lagerraum betraten. Er hatte eine Dose Möbelpolitur in einem Regal über dem Korb gefunden, in den wir unsere schmutzigen Uniformen warfen (und manchmal unsere Zivilklamotten; der Gefängniswäscherei war es gleichgültig, was sie wusch), und polierte das Eichenholz der Arme und Beine von Old Sparky, dem elektrischen Stuhl. Das klingt vermutlich absonderlich für Sie, vielleicht sogar makaber, aber für mich und Brutal war es das Normalste, was Percy in der ganzen Nacht getan hatte. Old Sparky würde morgen von der Öffentlichkeit gesehen werden, und Percy würde der Leiter bei der Hinrichtung sein.

»Percy«, sagte ich ruhig.

Er drehte sich um, das kleine Liedchen, das er gesummt hatte, erstarb in seiner Kehle, und er schaute uns an. Ich sah nicht die Furcht, die ich erwartet hatte, jedenfalls zuerst nicht. Mir wurde klar, daß Percy irgendwie älter wirkte. Und ich dachte, daß John Coffey recht hatte. Percy sah bösartig aus. Bösartigkeit ist wie eine süchtig machende Droge – und niemand auf der Erde hat mehr Kompetenz als ich, das zu sagen –, und nach einer gewissen Zeit des Ausprobierens war Percy ihr verfallen. Es gefiel ihm, was er Delacroix' Maus angetan hatte. Und noch mehr hatten ihm Delacroix' Entsetzensschreie gefallen.

»Fangt keinen Streit mit mir an«, sagte er in fast freundlichem Tonfall. »Ich meine, hey, es war nur eine Maus. Sie gehörte von Anfang an nicht hierher, wie ihr Jungs wißt.«

»Der Maus geht es prima«, sagte ich. Mein Herz klopfte wie wild in meiner Brust, aber ich sprach milde, fast unbeteiligt. »Einfach prima. Sie läuft herum und quiekt und rollt wieder die Spule. Du bist nicht besser im Mäusekillen als in den meisten anderen Dingen, an denen du dich hier versuchst.«

Er starrte mich erstaunt und ungläubig an. »Erwartest du, daß ich das glaube? Ich habe das verdammte Ding *zermalmt*! Ich habe es gehört. Du kannst mir nicht weismachen ...«

»Halt die Schnauze.«

Er starrte mich an, die Augen weit aufgerissen. »*Was?* Was hast du zu mir gesagt?«

Ich trat einen Schritt näher auf ihn zu. Ich spürte, daß meine Stirnader pochte. Ich konnte mich nicht erinnern, wann ich zum letztenmal so zornig gewesen war. »Freut es dich nicht, daß Mr. Jingles okay ist? Nach all den Gesprächen, die wir hatten, daß es unser Job ist, die Gefangenen ruhigzuhalten, besonders wenn das Ende für sie naht, solltest du dich freuen, daß die Maus lebt. Du solltest erleichtert sein. Schließlich muß Del morgen den letzten Gang antreten.«

Percy blickte von mir zu Brutal, und seine gekünstelte Ruhe schlug in Unsicherheit um. »Was für ein Spiel treibt ihr, Jungs?« fragte er.

»Dies ist kein Spiel, mein Freund«, sagte Brutal. »Du glaubst, es ist ein ... Nun, das ist einer der Gründe, weshalb man dir nicht trauen kann. Willst du die absolute Wahrheit wissen? Ich halte dich für einen ziemlich traurigen Fall.«

»Paß auf, was du sagst.« Percys Stimme klang jetzt belegt. Furcht kroch hinein, Furcht vor dem, was wir vielleicht mit ihm anstellen wollten. Es freute mich, die Furcht zu hören. So würden wir leichter mit ihm fertig werden. »Ich kenne Leute. Bedeutende Leute.«

»Das sagst du immer, aber du bist ja so ein Träumer«, erwiderte Brutal. Er klang, als würde er gleich in Gelächter ausbrechen.

Percy legte das Poliertuch auf den Sitz des elektrischen Stuhls mit den Klammern an den Armen und Beinen. »Ich habe diese Maus getötet. Ihr könnt mir keine Märchen erzählen.« Seine Stimme klang nicht ganz fest.

»Geh und überzeuge dich selbst«, sagte ich. »Dies ist ein freies Land.«

»Das werde ich«, sagte er, »das werde ich.«

Er stolzierte an uns vorbei, die Lippen zusammengepreßt, und seine kleinen Hände (Wharton hatte recht, es waren Mädchenhände) fummelten mit seinem Kamm herum. Er ging die Treppe hinauf und duckte sich durch die niedrige Tür in mein Büro. Brutal und ich blieben schweigend bei Old Sparky stehen und warteten auf Percys Rückkehr. Ich weiß nicht, wie es bei Brutal war, aber ich wußte nicht, was ich hätte sagen sollen. Ich weiß jetzt noch nicht, was ich über das denken soll, was wir soeben erlebt hatten.

Drei Minuten vergingen. Brutal nahm das Poliertuch und wienerte die dicken Rückenteile des elektrischen Stuhls. Er hatte ein Teil poliert und begann beim nächsten, als Percy zurückkehrte. Percy stolperte die Treppe von meinem Büro herunter und fiel fast hin. Als er sich uns näherte, schritt er unsicher. Sein Gesicht spiegelte Schock und Ungläubigkeit wider.

»Ihr habt sie vertauscht«, sagte er schrill und anklagend. »Ihr habt die Mäuse irgendwie vertauscht, ihr Bastarde. Ihr spielt mit mir, und ihr werdet es verdammt bereuen, wenn ihr nicht damit aufhört! Ich sorge dafür, daß ihr arbeitslos werdet und um Brot Schlange stehen könnt, wenn ihr nicht aufhört! Für wen haltet ihr euch?«

Er verstummte schwer atmend und mit geballten Händen.

»Ich werde dir sagen, für wen wir uns halten«, sagte ich. »Wir sind die Leute, mit denen du zusammenarbeitest, Percy . . ., aber nicht mehr sehr lange.« Ich legte meine Hände auf seine Schultern und umklammerte sie. Nicht richtig fest; aber es war ein Umklammern. Ja, das war es.

Percy wollte meine Hände abwehren. »Nimm deine . . .«

Brutal packte Percys rechte Hand – das ganze Ding, klein und weich und weiß, verschwand in Brutals gebräunter Faust. »Halt die Fresse, Sonny. Wenn du weißt, was gut für dich ist, dann nutzt du diese eine letzte Gelegenheit, um das Wachs aus deinen Ohren zu pulen.«

Ich drehte ihn um, hob ihn auf die Plattform

und drückte ihn runter, bis seine Knie den Sitz des elektrischen Stuhls berührten und er sich setzen mußte. Seine Ruhe war verschwunden; ebenso seine Bösartigkeit und Arroganz. Diese beiden Eigenschaften waren in ihm, aber Sie müssen sich in Erinnerung rufen, daß Percy sehr jung war. In seinem Alter waren sie noch eine dünne Schicht, wie ein häßlicher Überzug von Emaille. Man konnte noch durch sie hindurchstoßen. Und ich nahm an, daß Percy jetzt bereit war zuzuhören.

»Ich will dein Wort haben«, sagte ich.

»Mein Wort? Warum?« Er bemühte sich, höhnisch zu grinsen, doch seine Augen verrieten Angst. Der Strom im Schaltraum war abgeschaltet, aber Old Sparkys hölzerner Sitz hatte seine eigene Kraft, und ich nahm an, daß Percy das in diesem Augenblick spürte.

»Dein Wort, daß du nach Briar Ridge gehst und uns in Frieden läßt, wenn du morgen nacht die Hinrichtung leiten darfst«, sagte Brutal so hitzig, wie ich ihn noch nie erlebt hatte. »Daß du am Tag nach der Hinrichtung dein Versetzungsgesuch einreichst.«

»Und wenn ich das nicht tue? Wenn ich einfach gewisse Leute anrufe und ihnen erzähle, daß ihr mich belästigt und mir droht? Mich *tyrannisiert*?«

»Wir werden vielleicht bluten, wenn deine Verbindungen so gut sind, wie du anscheinend meinst«, sagte ich, »aber wir werden dafür sorgen, daß du ebenfalls bluten wirst, Percy.«

»Wegen dieser Maus? Ha! Meint ihr, es juckt einen, daß ich die verdammte Maus eines Mörders totgetreten habe? Wen interessiert das schon außerhalb dieser Klapsmühle?«

»Wohl keinen. Aber drei Leute sahen dich untätig herumstehen, als Wild Bill Wharton versuchte, Dean Stanton mit seinen Handketten zu erwürgen. Was diese Leute aussagen, wird jemanden interessieren, Percy, das verspreche ich dir. Das wird sogar den Gouverneur interessieren.«

Percys Gesicht war jetzt stark gerötet. »Ihr meint, man wird euch glauben?« fragte er, aber seine Stimme hatte viel von ihrer zornigen Kraft verloren. Es war offenkundig, daß er dachte, jemand könnte uns glauben. Und Percy mochte es nicht, in Schwierigkeiten zu stecken. Gegen die Vorschriften zu verstoßen war für ihn in Ordnung. Sich dabei erwischen zu lassen war nicht in Ordnung.

»Nun, ich habe einige Fotos von Deans Hals geknipst, bevor die Blutergüsse zurückgingen«, sagte Brutal – ich hatte keine Ahnung, ob das stimmte oder nicht, aber es klang gut. »Weißt du, was diese Fotos beweisen? Daß Wharton ziemlich lange zum Zuge kam, bevor jemand ihn zurückreißen konnte, obwohl du gleich neben ihm gestanden hast, auf Whartons ungedeckter Seite. Du müßtest einige harte Fragen beantworten, nicht wahr? Und so eine Sache kann einem ziemlich lange anhängen. Möglicherweise noch lange, nachdem der Onkel nicht mehr Gouverneur ist, sondern daheim auf der Veranda Pfefferminztee trinkt. Eine Personalakte kann mächtig interessant sein, und viele Leute können sie sich im Laufe eines Lebens anschauen.«

Percys Blick zuckte mißtrauisch zwischen uns hin und her. Mit der linken Hand glättete er sein Haar. Er sagte nichts, aber ich dachte mir, daß wir ihn fast soweit hatten.

»Na, komm schon, laß uns damit aufhören«, sagte ich. »Du willst so wenig hier bleiben, wie wir dich hier haben wollen, ist es nicht so?«

»Ich hasse es hier!« stieß er hervor. »Ich hasse die Art und Weise, wie ihr mich behandelt, ich hasse es, daß ihr mir nie eine Chance gebt!«

Das war weit von der Wahrheit entfernt, aber ich sagte mir, daß dies nicht der Zeitpunkt war, das richtigzustellen.

»Aber ich mag mich auch nicht unter Druck setzen lassen. Mein Daddy hat mich gelehrt, wenn man einmal nachgibt, dann wird man wahrscheinlich sein ganzes Leben lang herumgeschubst werden.« Seine Augen, nicht ganz so hübsch wie seine Hände, aber fast, blitzten. »Und besonders hasse ich es, von großen Affen wie diesem Kerl herumgeschubst zu werden.« Er starrte meinen alten Freund an und stieß einen Grunzlaut aus. »Brutal – du hast wenigstens den richtigen Spitznamen.«

»Du mußt etwas begreifen, Percy«, sagte ich. »Wir sehen es so, daß du *uns* herumschubst. Wir sagen dir ständig, wie wir die Dinge hier handhaben, und du scherst dich einen Dreck darum und versteckst dich hinter deinen politischen Verbindungen, wenn etwas deinetwegen in die Hosen geht. Delacroix' Maus totzutrampeln –«, ich fing Brutals Blick auf und korrigierte mich hastig, »– der *Versuch*, Delacroix' Maus totzutrampeln, ist nur einer von vielen Fällen. Du schubst uns herum und schubst und schubst; schließlich schubsen wir zurück, das ist alles. Aber hör zu, wenn du das Richtige tust, wirst du duftend wie eine Rose aus dieser Sache herauskommen und gut aussehen wie ein junger Mann auf seinem Weg nach oben. Niemand wird jemals etwas von unserer kleinen Unterhaltung erfahren. Was sagst du also? Handle wie ein erwachsener Mann. Versprich, daß du nach Dels Hinrichtung von hier verschwindest.«

Er dachte darüber nach. Und nach einer Weile nahmen seine Augen einen Ausdruck an wie bei Leuten, die soeben auf eine gute Idee gekommen sind. Das gefiel mir nicht, denn jede Idee, die Percy für gut hielt, würden wir für schlecht halten.

»Denk daran, wie schön es sein wird, von diesem Eitersack Wharton wegzukommen«, sagte Brutal.

Percy nickte, und ich ließ ihn vom elektrischen Stuhl aufstehen. Er strich sein Uniformhemd zurecht, steckte es hinten in den Hosenbund und fuhr sich mit dem Kamm durch sein Haar. Dann schaute er uns an.

»Okay, ich bin einverstanden. Ich leite morgen die Hinrichtung von Del. Und am nächsten Tag lasse ich mich nach Briar Ridge versetzen. Wir sind dann quitt. In Ordnung?«

»In Ordnung«, sagte ich. Dieser Ausdruck war noch immer in seinen Augen, aber im Moment war ich zu erleichtert, um mir etwas daraus zu machen.

Er streckte mir die Hand hin. »Schlägst du ein?«

Ich tat es. Brutal ebenfalls.

Wir Narren.

4

Der nächste Tag war der schwülste und der letzte mit unserer merkwürdigen Oktoberhitze. Donner grollte, als ich zur Arbeit kam, und dunkle Wolken ballten sich im Westen. Sie näherten sich im Laufe des Abends, und wir sahen blauweiße Blitze aus ihnen zucken. Gegen zehn Uhr abends tobte ein Tornado im Trapingus County – vier Leute kamen dabei ums Leben, und das Dach des Mietstalls in Tefton wurde abgehoben –, und es gab heftige Gewitter und orkanartige Stürme in Cold Mountain. Später kam es mir vor, als ob der Himmel gegen den schlimmen Tod von Eduard Delacroix protestiert hatte.

Am Anfang lief alles prima. Del hatte einen ruhigen Tag in seiner Zelle verbracht und manchmal mit Mr. Jingles gespielt, jedoch überwiegend einfach auf seiner Pritsche gelegen und ihn gestreichelt. Wharton versuchte ein paarmal, Krawall zu machen – einmal brüllte er zu Del hinüber, daß es Mausi-Burgers geben würde, wenn der alte Franzose in der Hölle Quickstep tanzte –, doch der kleine Cajun antwortete nicht, und Wharton sagte sich anscheinend, daß er nichts erreichen konnte, und gab auf.

Um Viertel nach zehn tauchte Bruder Schuster auf und erfreute uns alle mit seiner Ankündigung, er werde das Vaterunser mit Del in Cajun-Französisch beten. Das schien ein gutes Omen zu sein. In diesem Punkt irrten wir uns natürlich alle.

Die Zeugen trafen gegen elf Uhr ein. Die meisten sprachen leise über das Wetter und stellten Spekulationen an, daß die Hinrichtung wegen eines Stromausfalls möglicherweise verschoben werden könnte. Keiner von ihnen wußte anscheinend, daß Old Sparky mit einem Generator betrieben wurde und die Show weitergehen würde – es sei denn, der Generator würde vom Blitz getroffen.

Harry war in dieser Nacht im Schaltraum, und so fungierten er, Bill Dodge und Percy Wetmore als Platzanweiser, führten die Leute zu ihren Plätzen und fragten jeden, ob er ein Glas kaltes Wasser trinken wollte. Es waren zwei Frauen anwesend: die Schwester des Mädchens, das von Del vergewaltigt und ermordet worden war, und die Mutter von einem der Brandopfer. Letztere Lady war groß und bleich und entschlossen. Sie sagte zu Harry Terwilliger, sie hoffe, der Mann, dessentwegen sie gekommen war, habe Angst und wisse, daß die Feuer der Hölle für ihn geschürt waren und Satans Teufelchen auf ihn warteten. Dann brach sie in Tränen aus und vergrub ihr Gesicht in einem Spitzentaschentuch, das fast die Größe eines Kissenbezugs hatte.

Donner krachte, kaum gedämpft durch das Blechdach. Die Leute blickten beklommen nach oben. Männer, die sich unbehaglich fühlten, weil sie mitten in der Nacht Krawatten trugen, wischten sich über ihre geröteten Wangen. Es war höllisch schwül in dem Lagerschuppen, der als Hinrichtungsraum diente. Und sie blickten natürlich immer wieder zu Old Sparky. Sie mochten vielleicht früher in der Woche Witze über diese Aufgabe gerissen haben, aber der Spaß war ihnen in dieser Nacht so gegen halb zwölf vergangen. Ich habe Ihnen schon zu Anfang gesagt, daß der Spaß schnell für die Leute vorbei ist, die sich auf diesen Eichenstuhl setzen müssen, aber die zum Tode verurteilten Gefangenen waren nicht die einzigen, deren Lächeln verschwand, wenn es tatsächlich soweit war. Der elektrische Stuhl wirkte irgendwie so *kahl* auf der Plattform, und die Klammern, die an den Beinen abstanden, sahen aus wie Dinge, die jemand tragen muß, der an Polio leidet. Es wurde nicht viel geredet, und als der Donner wieder dröhnte und es krachte, als habe der Blitz in einen Baum eingeschlagen, stieß die Schwester von Delacroix' Opfer einen Schrei aus. Als letzter nahm Curtis Anderson,

Direktor Moores' Stellvertreter, seinen Platz bei den Zeugen ein.

Um halb zwölf ging ich zu Delacroix' Zelle, und Brutal und Dean folgten mir. Del saß auf seiner Pritsche, und Mr. Jingles war auf seinem Schoß. Der Kopf der Maus war zu dem Todeskandidaten gereckt, und die kleinen schwarzen Augen schauten Dels Gesicht an. Del kraulte Mr. Jingles' Kopf zwischen den Ohren. Große Tränen rollten über Dels Wangen, und sie waren es anscheinend, auf die Mr. Jingles spähte. Del blickte auf, als er unsere Schritte hörte. Er war sehr bleich.

Ich spürte, daß hinter mir John Coffey an der Tür seiner Zelle stand und zuschaute.

Del zuckte zusammen, als meine Schlüssel klirrten, doch er streichelte weiter Mr. Jingles' Kopf, während ich aufschloß und die Tür öffnete.

»'allo, Boß Edgecombe«, sagte er. »'allo, Jungs. Sag 'allo, Mr. Jingles.« Aber Mr. Jingles schaute nur weiter wie hingerissen auf das Gesicht des fast kahlköpfigen kleinen Mannes, wie um die Quelle der Tränen zu ergründen. Die farbige Spule lag ordentlich in der Corona-Zigarrenkiste, zum letztenmal darin abgelegt, dachte ich wehmütig.

»Eduard Delacroix, als Beamter des Strafvollzugs . . .«

»Boß Edgecombe?«

Ich wollte schon die formelle Ansprache fortsetzen, doch dann überlegte ich's mir anders. »Was ist, Del?«

Er hielt mir die Maus hin. »Hier. Lassen Sie nicht zu, daß Mr. Jingles etwas passiert.«

»Del, ich bezweifle, daß er zu mir kommt. Er ist nicht . . .«

»*Mais oui*, er sagt, er will. Er sagt, er weiß alles über Sie, Boß Edgecombe, und Sie bringen ihn zu die Ort in Florida, wo die Mausies ihre Tricks zeigen. Er sagt, er vertraut Ihnen.« Delacroix streckte die Hand weiter aus, und die Maus trat doch tatsächlich von seiner Handfläche auf meine Schulter. Sie war so leicht, daß ich sie nicht durch meinen Uniformrock fühlen konnte, aber ich spürte sie wie eine kleine Hitze. »Und Boß? Lassen Sie nicht diesen Bösen an ihn 'eran. Lassen Sie nicht zu, daß der Böse meiner Maus was antut.«

»Okay, Del, ich werde es nicht zulassen.« Die Frage war, was sollte ich im Augenblick mit Mr. Jingles machen? Ich konnte nicht Delacroix mit einer Maus auf meiner Schulter an den Zeugen vorbeiführen.

»Ich nehme ihn, Boß«, sagte eine tiefe Stimme hinter mir. Es war John Coffeys Stimme, und es war unheimlich, daß sie gerade jetzt ertönte, als hätte er meine Gedanken erraten. »Nur für jetzt. Wenn Del nichts dagegen hat.«

Del nickte erleichtert. »Ja, nimm ihn, John, bis diese Dummheit vorüber ist – *bien*! Und danach . . .« Er blickte wieder zu Brutal und mir. »Ihr müßt sie nach Florida bringen. Zu diese Stadt, die Mouseville 'eißt.«

»Ja, höchstwahrscheinlich tun Paul und ich das

zusammen«, sagte Brutal und beobachtete besorgt, wie Mr. Jingles von meiner Schulter auf Coffeys gewaltige ausgestreckte Handfläche trat. Mr. Jingles tat es ohne Protest und unternahm keinen Fluchtversuch; er huschte so bereitwillig John Coffeys Arm hinauf, wie er auf meine Schulter getreten war. »Wir nehmen uns etwas von unserem Urlaub. Nicht wahr, Paul?«

Ich nickte. Del nickte ebenfalls. Seine Augen glänzten, und die Andeutung eines Lächelns spielte um seine Lippen. »Die Leute zahlen einen Dime, um Mr. Jingles zu sehen. Zwei Cents die Kinder. Ist es so, Boß Howell?«

»So ist es, Del.«

»Sie sind eine gute Mann, Boß Howell«, sagte Del. »Sie auch, Boß Edgecombe. Sie 'aben mich manchmal angebrüllt, *oui*, aber nur, wenn es sein mußte. Ihr seid alle gute Männer außer diesem Percy. Ich wünsche, ich könnte euch irgendwo wiedersehen. *Mauvais temps, mauvais chance.*«

»Ich muß dir etwas sagen, Del«, erklärte ich ihm. »Die Worte, die ich jedem sagen muß, bevor wir gehen. Keine große Sache, aber es gehört zu meinem Job. Okay?«

»*Oui, Monsieur*«, sagte er und schaute Mr. Jingles, der auf John Coffeys breiter Schulter hockte, ein letztes Mal an. »*Au revoir, mon ami*«, sagte er und begann heftiger zu weinen. »*Je t'aime, mon petit.*« Er warf der Maus eine Kußhand zu. Diese Kußhand hätte lustig oder vielleicht einfach grotesk sein sollen, doch das war sie nicht. Dean starrte von der Gummizelle aus über den Gang und lächelte sonderbar. Ich glaube, er war den Tränen nahe. Ich leierte herunter, was ich sagen mußte, und als ich fertig war, trat Delacroix zum letztenmal aus seiner Zelle.

»Warte noch einen Augenblick, Boß«, sagte Brutal und überprüfte die rasierte Stelle auf Dels Kopf, wo die Kappe sitzen würde. Er nickte mir zu. »Gut mit Eversharp rasiert. Wir können gehen.«

So machte Eduard Delacroix seinen letzten Spaziergang über die Green Mile, und kleine Bäche von Tränen und Schweiß rannen seine Wangen hinab, und Donner grollte in der Nacht. Brutal ging links des Todeskandidaten, ich rechts und Dean hinter ihm.

Schuster wartete in meinem Büro, und die Wärter Ringgold und Battle standen in den Ecken auf Posten. Schuster blickte auf, als Del eintrat, lächelte und sprach ihn auf französisch an. Es klang gestelzt für mich, aber es wirkte Wunder.

Del erwiderte das Lächeln, ging zu Schuster und umarmte ihn. Ringgold und Battle spannten sich an, aber ich hob die Hände und schüttelte den Kopf.

Schuster hörte sich Dels Flut von tränenersticktem Französisch an, nickte verständnisvoll und klopfte ihm auf den Rücken. Er schaute mich über die Schulter des kleinen Mannes hinweg an und sagte: »Ich verstehe kaum ein Viertel von dem, was er sagt.«

»Ich bezweifle, daß es was ausmacht«, knurrte Brutal.

»Ich auch, Sohn«, sagte Schuster und grinste. Er war der beste von ihnen, und jetzt wird mir klar, daß ich keine Ahnung habe, was aus ihm geworden ist. Ich hoffe, er hat seinen Glauben behalten, was auch immer sonst sich ereignet hat.

Er forderte Delacroix auf, sich hinzuknien, und faltete die Hände. Delacroix folgte seinem Beispiel.

»*Not' Père, qui êtes aux cieux*«, begann Schuster, und Delacroix sprach mit. Sie beteten das Vaterunser in diesem flüssig klingenden Cajun-Französisch, bis zu »*mais déliverez-nous du mal, ainsi soit-il.*« Unterdessen waren Dels Tränen versiegt, und er wirkte ruhig. Einige Bibelverse (auf englisch) folgten, und Schuster versäumte nicht die altbewährte Sache mit dem stillen Wasser. Als das erledigt war, wollte sich Schuster erheben, doch Del hielt ihn am Ärmel fest und sagte etwas auf französisch. Schuster hörte aufmerksam zu und runzelte die Stirn. Er erwiderte etwas. Del fügte noch etwas hinzu und schaute dann hoffnungsvoll zu ihm hoch.

Schuster wandte sich mir zu. »Er will noch etwas, Mr. Edgecombe. Ein Gebet, bei dem ich ihm wegen meines Glaubens nicht helfen kann. Ist das in Ordnung?«

Ich blickte auf die Wanduhr und sah, daß es siebzehn Minuten vor Mitternacht war. »Ja«, sagte ich, »aber es muß schnell gehen. Wir müssen einen Zeitplan einhalten, wissen Sie.«

»Ja, ich weiß.« Er wandte sich wieder Delacroix zu und nickte.

Del schloß die Augen, wie um zu beten, doch einen Moment lang sagte er nichts. Er furchte die Stirn, und ich hatte das Gefühl, daß er in der Erinnerung kramte, wie jemand vielleicht in einer kleinen Dachstube nach einem Gegenstand sucht, den er lange, lange Zeit nicht benutzt (oder benötigt) hat. Ich schaute wieder zur Uhr und sagte fast etwas – ich hätte es getan, wenn Brutal mir nicht am Ärmel gezupft und den Kopf geschüttelt hätte.

Dann begann Del leise, aber schnell in diesem Cajun zu sprechen, das so rund und weich und sinnlich wie die Brust einer jungen Frau war. »*Marie! Je vous salue, Marie, oui, pleine de grâce, le Seigneur est avec nous; vous etes bénie entre toutes les femmes et mon cher Jésus, le fruit de vos entrailles, est béni.*« Er weinte wieder, aber ich bezweifle, daß ihm das bewußt war. »*Sainte Marie, oh ma mère. Mère de Dieu, priez pour moi, priez pour nous, pauv' pécheurs, maint'ant et à l'heure ...- l'heure de notre mort. L'heure de mon mort.*« Er atmete tief und zitternd ein. »*Ainsi soit-il.*«

Durch das Fenster des Büros fiel der grelle, blauweiße Strahl eines Blitzes, als Delacroix aufstand. Alle außer Del zuckten zusammen; er wirkte immer noch in das Gebet vertieft. Er streckte eine Hand aus, ohne zu sehen, wohin. Brutal ergriff die Hand und drückte sie kurz. Delacroix schaute ihn an und lächelte ein wenig. »*Nous voyons ...*«, begann er und verstummte.

Dann sprach er wieder Englisch. »Wir können jetzt gehen, Boß Howell, Boß Edgecombe. Ich bin mit Gott im reinen.«

»Das ist gut«, sagte ich und fragte mich, wie im reinen mit Gott sich Del in zwanzig Minuten fühlen würde. Ich hoffte, daß sein letztes Gebet gehört worden war und Mutter Maria für ihn mit ganzem Herzen und der Seele betete, denn Eduard Delacroix, Vergewaltiger und Mörder, brauchte alle Fürbitten, die er bekommen konnte. Draußen erhellte wieder ein Blitz den Himmel. »Komm, Del. Es ist jetzt nicht mehr weit.«

»Prima, Boß, das ist prima. Denn ich 'abe keine Angst mehr.« Das sagte er, aber ich sah ihm an den Augen an – Vaterunser oder nicht, Ave Maria oder nicht –, daß er log. Wenn sie über das letzte Stück des grünen Linoleums gehen und sich durch die kleine Tür ducken, haben fast alle Angst.

»Bleib am Fuß der Treppe stehen, Del«, sagte ich leise, als er durch die Tür ging, aber das hätte ich mir sparen können. Er blieb abrupt am Fuß der Treppe stehen, und zwar, weil er Percy Wetmore sah, der auf der Plattform stand, den Eimer mit dem Schwamm neben sich, und das Telefon, dessen Leitung zum Gouverneur führte, auf der Höhe seiner rechten Hüfte.

»*Non*«, stieß Del entsetzt hervor. »*Non, non*, nicht der!«

»Geh weiter«, sagte Brutal. »Blick nur auf mich und Paul. Vergiß, daß er überhaupt da ist.«

»Aber ...«

Leute wandten den Kopf und schauten zu uns, aber ich schob mich ein bißchen zur Seite und konnte Delacroix am linken Ellenbogen packen, ohne daß es gesehen wurde. »Ruhig«, sagte ich so leise, daß nur Del – und vielleicht Brutal – es hören konnte. »Das einzige, das diesen Leuten von dir in Erinnerung bleiben wird, ist die Art, wie du rausgekommen bist, also zeig dich ihnen von deiner besten Seite.«

In diesem Augenblick donnerte es so laut, daß das Blechdach des Vorratsraums vibrierte. Percy zuckte zusammen, als hätte ihm jemand in den Hintern gezwickt, und Del lachte verächtlich. »Wenn es noch lauter donnert, pißt er sich wieder in die 'osen«, sagte er und straffte die Schultern – nicht, daß er viel zu straffen gehabt hätte. »Kommt. Bringen wir es 'inter uns.«

Wir gingen zur Plattform. Delacroix ließ unterwegs seinen Blick nervös über die Zeugen schweifen – ungefähr fünfundzwanzig waren es diesmal –, aber Brutal, Dean und ich hielten unseren Blick auf den heißen Stuhl gerichtet. Alles wirkte in Ordnung. Ich hob einen Daumen und blickte mit fragend gehobenen Brauen zu Percy, der ein wenig schief grinste, als ob er sagen wollte: *Was meinst du, ob alles in Ordnung ist? Na klar ist es das.*

Ich hoffte, er hatte recht.

Brutal und ich griffen automatisch nach Delacroix' Ellenbogen, als er auf die Plattform hinaufstieg. Es sind nur ein paar Zentimeter vom Boden aus, aber es würde Sie überraschen, wie viele, sogar die härtesten der harten Babys, Hilfe brauchen, um diese letzte Stufe in ihrem Leben zu bewältigen.

Del schaffte es jedoch prima. Er blieb einen Moment vor dem Stuhl stehen (ohne Percy anzusehen) und sprach dann zu Old Sparky, wie um sich vorzustellen. »*C'est moi*«, sagte er. Percy wollte nach ihm greifen, doch Delacroix drehte sich von selbst um und setzte sich auf Old Sparky. Ich kniete mich an seine linke Seite und Brutal an die rechte. Ich schützte meinen Unterleib und meine Kehle auf die Art, die ich bereits beschrieben habe, und schwang die Klammer herum, damit sich die offenen Klemmbacken um die weiße Haut gerade oberhalb von Delacroix' Knöcheln schlossen. Donner krachte, und ich zuckte zusammen. Schweiß rann in mein Auge, brannte. Mouseville, dachte ich aus irgendeinem Grund. Mouseville, und der Eintrittspreis betrug einen Dime.

Zwei Cents für die Kinder, die Mr. Jingles' Auftritt sehen würden.

Die Klammer war störrisch und ließ sich nicht schließen. Ich konnte Del tief Luft in seine Lungen saugen hören, die in weniger als vier Minuten verkohlt sein und seinem vor Furcht rasenden Herzen keinen Sauerstoff mehr geben würden. Daß er ein halbes Dutzend Leute umgebracht hatte, schien in diesem Moment das Unwichtigste zu sein. Ich versuche hier nichts über richtig und falsch zu sagen, sondern nur, wie es war.

Dean kniete sich neben mich und flüsterte: »Klappt's nicht, Paul?«

»Ich kann nicht ...«, begann ich, und dann schloß sich die Klammer schnappend. Die Klemmbacken mußten in Delacroix' Haut gezwickt haben, denn er zuckte zusammen und stieß ein zischendes Geräusch aus. »Tut mir leid«, sagte ich.

»Ist okay, Boß«, sagte Del. »'at nur eine Moment weh getan.«

Auf Brutals Seite war die Elektrode in der Klammer, und es dauerte immer etwas länger, sie zu schließen. So standen wir alle drei fast gleichzeitig auf. Dean griff nach der Klammer für Dels linkes Handgelenk, und Percy ging zu der, die für Dels rechtes Handgelenk bestimmt war. Ich war bereit einzugreifen, wenn Percy Hilfe brauchte, doch er schloß die Klammer am Handgelenk besser, als ich die Klammer am Knöchel geschlossen hatte. Ich sah, daß Del jetzt am ganzen Körper zitterte, als stünde er bereits unter leichtem Strom. Ich roch auch seinen Schweiß. Der Geruch war sauer und stark und erinnerte mich an schwache Essigsoße.

Dean nickte Percy zu. Percy blickte über die Schulter – ich sah eine Stelle an seinem Kinn, wo er sich an diesem Tag beim Rasieren geschnitten hatte – und sagte mit leiser, fester Stimme: »Stufe eins!«

Es folgte ein Summen, ähnlich wie bei einem alten Kühlschrank, wenn er anspringt, und die Lampen im Raum wurden heller. Einige Leute schnappten nach Luft, und leises Gemurmel vom Publikum war zu hören. Del zuckte auf dem Stuhl, und seine Hände klammerten sich so fest um die Enden der Armlehnen aus Eiche, daß die Knöchel weiß wurden. Seine Augen rollten in den Höhlen, und dann wurden seine keuchenden Atemzüge schneller. Er hechelte jetzt fast.

»Ruhig«, murmelte Brutal. »Ruhig. Del, du hältst dich einfach prima. Weiter so, du hältst dich einfach prima.«

Hey, Jungs, dachte ich. *Kommt und seht, was Mr. Jingles kann!* Und wieder donnerte es.

Percy trat erhaben vor den elektrischen Stuhl. Dies war sein großer Moment, er war der Mittelpunkt, alle Blicke waren auf ihn gerichtet. Alle außer einem Augenpaar. Delacroix sah, wer es war, und schaute auf seinen Schoß. Ich hätte einen Dollar für einen Doughnut gewettet, daß Percy seinen Text verpatzte, wenn er ihn nicht bei einer Übung, sondern tatsächlich und vor Publikum sprechen mußte, doch er rasselte ihn glatt und mit unheimlich ruhiger Stimme herunter.

»Eduard Delacroix, Sie sind zum Tod auf dem elektrischen Stuhl verurteilt. Das Urteil wurde von einer Jury gesprochen und von einem Richter in diesem Staat verhängt, Gott schütze die Bürger dieses Staates. Haben Sie etwas zu sagen, bevor das Urteil vollstreckt wird?«

Del versuchte zu sprechen, doch zuerst kam nur ein entsetztes, unverständliches Krächzen heraus. Die Andeutung eines verächtlichen Lächelns spielte um Percys Mundwinkel, und ich hätte ihn deswegen mit Freuden erschossen. Dann leckte sich Del über die Lippen und versuchte es von neuem.

»Es tut mir leid, was ich getan 'abe«, sagte er. »Ich würde alles tun, um die Uhr zurückzudrehen, aber das kann keine Mensch. So ...« Donner explodierte wie eine Granate über uns. Del ruckte hoch, soweit es die Klammern erlaubten, und seine Augen traten aus den Höhlen. »So zahle ich jetzt den Preis. Gott vergebe mir.« Er leckte sich wieder über die Lippen und blickte zu Brutal. »Vergeßt nicht, was ihr für Mr. Jingles versprochen 'abt«, sagte er leise.

»Das werden wir nicht vergessen, keine Sorge«, sagte ich und tätschelte Delacroix' kalte Hand. »Er kommt nach Mouseville ...«

»Quatsch«, sagte Percy aus dem Mundwinkel, ohne die Lippen zu bewegen wie ein Sträfling beim Hofgang, und er schnallte den Gurt um Delacroix' Brust fest. »So eine Stadt gibt es nicht. Es ist ein Märchen, das diese Jungs erfunden haben, um dich ruhigzuhalten. Das solltest du wissen, du Schwuler.«

Der verzweifelte Ausdruck in Dels Augen sagte mir, daß ein Teil von ihm es *gewußt* hatte ... sich der Rest von ihm jedoch gegen dieses Wissen gesträubt hatte. Ich schaute Percy sprachlos und wütend an, und er erwiderte meinen Blick kühl, als wollte er fragen, was ich dagegen tun konnte. Und da hatte er mich natürlich. Ich konnte nichts tun, nicht vor den Zeugen, nicht vor Delacroix, der am äußersten Rande des Lebens saß. Ich konnte nichts tun, nur weitermachen, es beenden.

Percy nahm die Kapuze vom Haken, streifte sie hinab über Dels Gesicht und zog sie unter dem vorstehenden Kinn des kleinen Mannes fest, um das Loch obendrin zu dehnen. Als nächstes nahm er den Schwamm aus dem Eimer und legte ihn in die Kappe, und hier wich Percy zum erstenmal von der Routine ab: Anstatt sich zu bücken und den Schwamm aus dem Eimer zu fischen, nahm er die Stahlkappe vom Rücken des Stuhls und neigte sich mit ihr in den Händen vor. Mit anderen Worten, anstatt den Schwamm zur Kappe zu bringen – was die natürliche Prozedur gewesen wäre –, brachte er die Kappe zum Schwamm. Mir hätte klarwerden sollen, daß etwas falsch war, aber ich war zu aufgeregt. Es war die einzige Hinrichtung, an der ich teilnahm, bei der ich mich völlig außer Kontrolle fühlte. Was Brutal anbetraf, so schaute er Percy überhaupt nicht an, nicht, als er sich über den Eimer neigte (und sich so bewegte, daß er zum Teil verdeckte, was er tat), nicht, als er sich aufrichtete und sich Del mit der Kappe in den Händen und dem braunen, runden Schwamm darin zuwandte. Brutal schaute auf den Stoff, der Dels Gesicht verhüllte, beobachtete, wie sich die schwarze seidene Kapuze nach innen wölbte und den Umriß von Dels offenem Mund zeigte und sich dann wieder mit seinem Atem blähte. Dicke Schweißperlen bildeten sich auf Brutals Stirn und an den Schläfen, gerade unterhalb des Haaransatzes. Ich hatte ihn noch nie bei einer Hinrichtung schwitzen gesehen. Hinter ihm stand Dean, der aufgewühlt und krank aussah, als kämpfe er dagegen an, sein Abendessen von sich zu geben. Wir alle begriffen, daß etwas falsch war, das weiß ich jetzt. Wir konnten nur nicht sagen, was es war. Keiner wußte damals, welche Fragen Percy an Jack Van Hay gestellt hatte. Es waren viele Fragen gewesen, aber ich habe den Verdacht, daß die meisten nur zur Tarnung gedient hatten. Worüber Percy etwas wissen wollte – ich glaube, das einzige, was er wissen wollte –, war der Schwamm. Der Zweck des Schwamms. Warum er in Salzlake getränkt wurde ... und was geschehen würde, wenn man ihn nicht in Salzlake tränkte.

Was passieren würde, wenn der Schwamm trocken war.

Percy drückte die Kappe auf Dels Kopf. Der kleine Mann ruckte etwas hoch und stöhnte wieder, diesmal lauter. Einige der Zeugen bewegten sich unbehaglich auf ihren Klappstühlen. Dean trat einen halben Schritt vor, wollte bei dem Kinngurt helfen, und Percy forderte ihn mit einer knappen Geste auf zurückzutreten. Dean tat es und zuckte zusammen, als ein Donnerschlag den Hinrichtungsraum vibrieren ließ. Diesmal prasselte nach dem Donner Regen auf das Dach. Es klang hart, als schütte jemand Erdnüsse auf ein Waschbrett.

Sie haben schon Leute sagen hören: ›Mir stockte das Blut in den Adern‹, nicht wahr? Klar.

Wir alle haben das gehört, aber zum erstenmal in all meinen Jahren spürte ich es tatsächlich in jener Gewitternacht im Oktober 1932, ungefähr zehn Sekunden nach Mitternacht. Es war nicht der Ausdruck von boshaftem Triumph auf Percy Wetmores Gesicht, als er von der angeschnallten und mit Klammern auf dem Stuhl befestigten Gestalt mit dem verhüllten Gesicht und der Kappe auf dem Kopf zurücktrat, der mich alarmierte; es war etwas, das ich hätte sehen sollen und nicht sah. Es lief kein Wasser von der Kappe auf Dels Wangen. Das war der Augenblick, in dem ich endlich begriff.

»Eduard Delacroix«, sagte Percy, »jetzt soll Elektrizität durch deinen Körper geleitet werden, bis du tot bist, wie es das Gesetz des Staates vorschreibt.«

Ich schaute in einer Qual zu Brutal, zu der im Vergleich meine Blaseninfektion nur eine Beule am Finger gewesen war. Der Schwamm ist trocken! formte ich unhörbar mit den Lippen, aber er schüttelte nur den Kopf, verstand mich nicht, schaute wieder auf den verhüllten Kopf des Franzosen, wo sich die schwarze Seide nach innen wölbte und nach außen blähte.

Ich wollte Percy am Ellenbogen packen, doch er wich zurück und schaute mich kalt an. Es war nur ein kurzer Blick, aber er sagte mir alles. Später würde er seine Lügen und Halbwahrheiten erzählen, und die meisten würden von den Leuten geglaubt werden, die zählten. Aber ich kannte die andere Geschichte. Percy war ein guter Schüler, wenn er etwas tat, an dem er Spaß hatte, das hatten wir bei den Proben festgestellt, und er hatte aufmerksam zugehört, als Jack Van Hay erklärte hatte, wie der in Salzlake getränkte Schwamm den Saft leitete, kanalisierte, die Ladung wie eine Art elektrische Kugel ins Gehirn lenkte. O ja, Percy wußte genau, was er tat. Ich denke, ich glaubte ihm später, als er sagte, er habe nicht gewußt, wie weit es gehen würde, aber das zählt nicht einmal in der Rubrik der guten Absichten, nicht wahr? Nein, das zählt gewiß nicht dazu. Aber ich konnte nichts tun, ich hätte nur vor dem stellvertretenden Direktor und all den Zeugen Jack Van Hay anschreien können, den Hebel nicht zu betätigen. Ich glaube, wenn ich noch fünf Sekunden gehabt hätte, dann hätte ich vielleicht genau das geschrien, doch Percy ließ mir keine fünf Sekunden.

»Möge Gott deiner Seele gnädig sein«, sagte er zu der keuchenden entsetzten Gestalt auf dem elektrischen Stuhl, und dann schaute er zu dem Drahtgeflechtfenster, an dem Harry und Jack standen, Jack mit der Hand auf dem Hebel, den ein Witzbold mit MABELS HAARTROCKNER markiert hatte. Der Arzt stand rechts von diesem Fenster, den Blick auf die schwarze Arzttasche zwischen seinen Füßen geheftet, so still und zurückhaltend wie immer. »Stufe zwei!«

Zuerst war es wie immer – das Summen, das ein wenig lauter als bei Stufe eins war, aber nicht viel, und das Aufbäumen von Dels Körper, als sich seine Muskeln verkrampften.

Dann gingen die Dinge schief.

Das Summen verlor seine Stetigkeit und begann zu schwanken. Es folgte ein Knistern, als würde Zellophan zerknittert. Ich roch etwas Schreckliches und erkannte erst, daß es eine Mischung aus verbranntem Haar und Schwamm war, als ich sah, daß blaue Rauchschleier unter den Rändern der Kappe emporkräuselten. Weiterer Rauch strömte aus der Öffnung oben in der Kappe, durch die der Draht führte; es sah aus, als kräusele Rauch aus der Spitze eines Indianer-Tipi.

Delacroix begann auf dem Stuhl zu zittern und zu zucken, und sein verhüllter Kopf ruckte von einer Seite zur anderen, als wollte er etwas heftig verneinen. Seine Beine stießen in kurzen Stößen auf und ab, behindert durch die Klammern an seinen Knöcheln. Donner krachte, und der Regen trommelte härter aufs Dach.

Ich schaute zu Dean Stanton; er starrte verstört zurück. Unter der Kappe knackte es gedämpft, es hörte sich an wie das Explodieren eines Kiefernscheits im Feuer, und jetzt sah ich auch Rauch in kleinen Wölkchen aus der Kapuze quillen.

Ich sprang zu dem Drahtgeflechtfenster zwischen uns und dem Schaltraum, aber bevor ich etwas sagen konnte, packte mich Brutus Howell am Ellenbogen. Sein Griff war so hart, daß die Nerven im Arm zu vibrieren begannen. Brutal war wachsbleich, aber nicht in Panik – nicht einmal am Rande einer Panik. »Sag Jack nicht, daß er aufhören soll«, raunte er. »Was auch immer du tust, sag ihm das nicht. Es ist zu spät zum Aufhören.«

Zuerst hörten die Zeugen Dels Schreie nicht. Das Prasseln des Regens auf dem Blechdach war zu einem Brausen angeschwollen, und es donnerte fast pausenlos. Aber wir auf der Plattform hörten sie – erstickte Schreie der Qual unter der rauchenden Kapuze, Laute, die vielleicht ein Tier ausstößt, das in eine Häckselmaschine geraten ist und zerfetzt wird.

Das Summen von der Kappe war jetzt unregelmäßig und abgehackt, unterbrochen von Explosionen, die wie statische Entladungen klangen. Delacroix ruckte auf dem Stuhl vor und zurück wie ein Kind, das einen Koller hat. Die Plattform erzitterte, und er prallte so hart gegen den Ledergurt, daß er ihn fast zerrissen hätte. Er zuckte unter dem Strom auch von Seite zu Seite, und ich hörte das Knacken, als seine rechte Schulter entweder brach oder ausgerenkt wurde. Es klang, als hätte jemand mit einem Vorschlaghammer auf eine Holzkiste geschlagen. Der Schritt seiner Hose, jetzt nur verschwommen zu sehen, weil seine Beine wie kurze Kolben stoßweise auf und ab ruckten, wurde dunkel. Dann begann er zu kreischen, schreckliche Laute, schrill und rattenhaft, die sogar im Prasseln des Regens zu hören waren.

»Was, zum Teufel, passiert mit ihm?« rief jemand.

»Werden die Klammern und Gurte halten?«

»Mein Gott, der Gestank! Puh!«

Dann fragte eine der beiden Frauen: »Ist das normal?«

Delacroix ruckte vor, fiel zurück, ruckte vor, fiel zurück. Percy starrte ihn entsetzt an. Er hatte *etwas* erwartet, aber nicht dies.

Die schwarze Seide über Delacroix' Kopf fing Feuer. Zu dem Gestank von verbranntem Haar und Schwamm kam jetzt der von verbranntem Fleisch. Brutal schnappte sich den Eimer, in dem der Schwamm gelegen hatte (er war jetzt natürlich leer), und lief zu dem extra tiefen Brunnen des Hausmeisters in der Ecke.

»Soll ich nicht den Saft abstellen, Paul?« rief Van Hay durch das Fenster. Er klang völlig fassungslos. »Soll ich . . .«

»Nein!« rief ich zurück. Brutal hatte es zuerst erkannt, aber mir war es nicht viel später klargeworden; wir mußten es zu Ende bringen. Was auch immer sonst wir in unserem restlichen Leben tun würden, war zweitrangig gegenüber dieser einen Sache: Wir mußten es mit Delacroix zu Ende bringen. »Gib Strom, um Himmels willen! Strom, Strom, Strom!«

Ich wandte mich Brutal zu und nahm kaum wahr, daß die Leute hinter uns jetzt durcheinanderredeten und einige schrien. *»Laß das!«* brüllte ich Brutal an. *»Kein Wasser! Kein Wasser! Bist du verrückt?«*

Brutal wandte sich mir zu, und seine Miene spiegelte eine Art benommenes Verstehen wider. Wasser auf einen Mann schütten, der Saft bekam? O ja. Das würde reichlich blöde sein. Er schaute sich um, sah den Feuerlöscher an der Wand hängen und schnappte ihn statt dessen. Guter Junge.

Die schwarze Seide war jetzt so weit zusammengeschrumpft, daß Gesichtszüge zu sehen waren, die schwärzer als die von John Coffey waren. Seine Augen, jetzt nur unförmige Kleckse aus weißem Gelee, waren aus den Höhlen geblasen worden und lagen auf seinen Wangen. Die Wimpern waren fort, und während ich hinschaute, fingen die Lider Feuer. Rauch wolkte aus dem offenen V seines Hemdes, und das geriet dann ebenfalls in Brand. Und immer noch summte die Elektrizität, und das Summen drang in meinen Kopf und dröhnte dort. Ich denke, es ist das Geräusch, das Wahnsinnige hören müssen, dieses oder ein ähnliches.

Dean stürzte vorwärts und dachte wohl in seiner Benommenheit, daß er das Feuer aus Dels Hemd mit den Händen ausschlagen könnte. Ich riß ihn so hart zurück, daß er fast von den Beinen geraten wäre. Wenn er jetzt Delacroix berührt hätte, wäre das so ähnlich gewesen, als hätte er einen Kessel mit kochendem Teer angefaßt.

Ich schaute mich nicht um und wußte nicht, was hinter mir los war, aber es klang nach einem wilden Durcheinander.

Stühle fielen um, Leute brüllten, eine Frau kreischte: »*Aufhören, aufhören, seht ihr denn nicht, daß er genug hat?*«

Curtis Anderson packte mich an der Schulter und fragte, was um Himmels willen passiert war und warum ich Jack nicht befohlen hatte, den Strom abzustellen. »Weil ich das nicht konnte«, sagte ich. »Wir waren zu weit gegangen, um es noch zu stoppen, haben Sie das denn nicht gesehen? Es wird in ein paar Sekunden vorbei sein.«

Aber es dauerte mindestens zwei Minuten, bis es vorüber war, die längsten Minuten meines ganzen Lebens, und ich denke, die meiste Zeit davon war Delacroix bei Bewußtsein. Er schrie und zuckte und ruckte vor und zurück und von einer Seite zur anderen. Rauch drang aus seiner Nase und aus dem Mund, der jetzt die Farbe reifer Pflaumen hatte. Rauch kräuselte von seiner Zunge wie von einem heißen Backblech. Alle Knöpfe seines Hemdes sprangen entweder ab oder schmolzen. Sein Unterhemd fing nicht richtig Feuer, aber es verkohlte, und Rauch stieg daraus auf, und wir konnten den Gestank seiner brennenden Brusthaare riechen. Hinter uns rannten die Leute zur Tür wie Rinder in einer Stampede. Sie konnten natürlich nicht hinaus – wir waren schließlich in einem verdammten Gefängnis –, und so drängten sie sich einfach dort, während Delacroix briet (*Ich brate,* hatte der alte Toot-Toot gesagt, als wir für die Hinrichtung von Arlen Bitterbuck geprobt hatten, *ich bin ein gebratener Truthahn*), und der Donner grollte, und der Regen prasselte hernieder.

Irgendwann dachte ich an den Arzt und hielt nach ihm Ausschau. Er war noch dort, aber er lag auf dem Boden neben seiner schwarzen Tasche.

Er war ohnmächtig geworden. Brutal kam mit dem Feuerlöscher zu mir. »Noch nicht«, sagte ich.

»Ich weiß.«

Wir sahen uns nach Percy um. Er stand jetzt fast hinter Old Sparky, wie erstarrt, die Augen weit aufgerissen, die Knöchel einer Hand in den Mund geschoben.

Dann sackte Delacroix schließlich auf dem Stuhl zurück. Sein verunstaltetes Gesicht lag auf einer Schulter. Er zuckte immer noch, aber so etwas hatten wir schon gesehen; es war der Strom, der das verursachte. Die Kappe saß jetzt schief auf seinem Kopf, doch als wir sie etwas später abnahmen, blieb das meiste von seinem Skalp und seiner wenigen verbliebenen Haare an dem Metall haften wie an einem starken Klebstoff.

»Abstellen!« rief ich Jack zu, als eine halbe Minute vergangen war und nur das Zucken durch die Elektrizität von der rauchenden, verkohlten Gestalt auf dem elektrischen Stuhl zu sehen war. Das Summen verstummte sofort, und ich nickte Brutal zu.

Er drehte sich um und rammte den Feuerlöscher so hart in Percys Arme, daß Percy zurücktaumelte und fast von der Plattform fiel. »Du tust das«, sagte Brutal. »Du leitest hier schließlich die Show, nicht wahr?«

Percy bedachte ihn mit einem Blick, der angewidert und mörderisch zugleich war, dann hantierte er mit dem Feuerlöscher und schoß eine große Wolke von weißem Schaum über den Mann auf dem Stuhl. Ich sah einen von Dels Füßen einmal zucken, als der Spray sein Gesicht traf, und dachte: *O nein, vielleicht ist es noch nicht vorüber*, aber es war nur dieses eine Zucken.

Anderson hatte sich umgewandt und bellte zu den in Panik geratenen Zeugen, daß alles in Ordnung und alles unter Kontrolle war, nur eine Stromschwankung durch das Gewitter, kein Grund zur Sorge. Fehlte nur noch, daß er das, was sie rochen – eine teuflische Mischung aus verbranntem Haar, gebratenem Fleisch und frischer Scheiße aus Eduard Delacroix' knusprigem Arschloch –, als Chanel Nr. 5 bezeichnete.

»Hol das Stethoskop vom Doc«, wies ich Dean an, als der Feuerlöscher leer war. Delacroix war jetzt mit einer weißen Schicht bedeckt, und der schlimmste Gestank wurde von einem stechenden chemischen Geruch überlagert.

»Soll ich den Doc ...«

»Vergiß den Doc, hol nur das Stethoskop«, sagte ich. »Laß uns das hinter uns bringen ... ihn hier rausschaffen.«

Dean nickte. *Hinter uns bringen* und *hier raus* waren zwei Gedanken, die ihm gefielen. Sie gefielen uns beiden. Er ging zu der Arzttasche und kramte darin. Der Doc begann sich zu regen, so hatte er wenigstens keinen Schlaganfall oder Herzinfarkt erlitten. Das war gut. Aber die Art, wie Brutal Percy anschaute, war nicht gut.

»Geh in den Tunnel, und warte bei der Leichenkarre«, sagte ich zu Percy.

Percy schluckte.

»Paul, hör zu, ich weiß nicht . . .«

»Halt die Klappe. Geh in den Tunnel, und warte bei der Leichenkarre. Sofort!«

Er schluckte abermals, verzog das Gesicht, als ob es schmerzte, und ging dann zur Tür, die zur Treppe und dem Tunnel führte. Er hielt den leeren Feuerlöscher auf dem Arm, als wäre es ein Baby. Dean passierte ihn, als er mit dem Stethoskop zu mir zurückkehrte. Ich schnappte mir das Stethoskop und stöpselte die Hörmuscheln in meine Ohren. Ich hatte das früher schon gemacht, bei der Army, und es ist so ähnlich wie mit dem Fahrradfahren – man verlernt es nicht.

Ich wischte den Schaum von Delacroix' Brust und mußte würgen und gegen Brechreiz ankämpfen, als ein großes, heißes Stück seiner Haut einfach vom Fleisch abfiel wie Haut von einem . . . Sie wissen schon. Von einem gebratenen Truthahn.

»O Gott«, schluchzte hinter mir eine Stimme, die ich nicht kannte. »Ist es immer so? Warum hat mir das keiner gesagt? Ich wäre niemals hergekommen!«

Zu spät, mein Freund, dachte ich. »Schafft diesen Mann hier fort«, sagte ich zu Dean oder Brutal oder wer auch immer es hörte – ich sagte es, als ich sicher war, sprechen zu können, ohne in Delacroix' rauchenden Schoß zu kotzen. »Laßt sie alle durch die Tür raus.«

Ich sammelte meinen Mut, so gut ich konnte, und legte die Scheibe des Stethoskops auf das rotschwarze Stück von rohem Fleisch, das ich auf Dels Brust vom Löschschaum befreit hatte. Ich lauschte und betete, daß ich nichts hören würde, und genau das hörte ich – nichts.

»Er ist tot«, sagte ich zu Brutal.

»Gott sei Dank.«

»Ja. Gott sei Dank. Du und Dean, ihr holt die Bahre. Wir schnallen ihn los und bringen ihn schnell fort.«

5

Wir brachten die Leiche die zwölf Stufen hinab und auf den Leichenkarren. Mein Alptraum war, daß das gebratene Fleisch von den Knochen abfallen würde, während wir die Leiche schleppten – es war Old Toots gebratener Truthahn, der mir nicht aus dem Sinn ging –, aber das passierte natürlich nicht.

Curtis Anderson war oben und beruhigte die Zuschauer – versuchte es jedenfalls –, und das war gut für Brutal, denn Anderson konnte nicht sehen, daß Brutal einen Schritt auf das Ende des Leichenkarrens zu machte und ausholte, um Percy zu schlagen, der dort wie betäubt stand. Ich hielt Brutals Arm fest, und das war gut für beide. Es war gut für Percy, denn Brutal wollte einen Schlag austeilen, der die Wucht hatte, Percy fast zu enthaupten, und gut für Brutal, denn er hätte seinen Job verloren, wenn er geschlagen hätte, und wäre vielleicht im Knast gelandet, nicht als Wärter, sondern hinter Gittern.

»Nein«, sagte ich.

»Was meinst du mit nein?« fragte er mich wütend. »Wie kannst du nein sagen? Du hast gesehen, was er getan hat! Was sagst du mir da? Du läßt ihn immer noch durch seine *Beziehungen* schützen? Nach dem, was er verbrochen hat?«

»Ja.«

Brutal starrte mich offenen Mundes an, und er war so zornig, daß seine Augen zu tränen begannen.

»Hör mir zu, Brutus – wenn du ihn schlägst, sind wir höchstwahrscheinlich alle gefeuert. Du, ich, Dean, Harry und vielleicht sogar Jack Van Hay. Jeder sonst rückt eine Stufe oder zwei auf der Leiter höher, angefangen mit Bill Dodge, und die Gefängnisleitung stellt drei oder vier Arbeitslose als Wärter an, um die Stellen unten zu besetzen. Vielleicht kannst du damit leben, aber ...« Ich wies mit dem Daumen zu Dean, der in den gewölbten, feuchten Tunnel starrte und fast so benommen wie Percy wirkte. »Aber was ist mit Dean? Er hat zwei Kinder, eines auf der High School und das andere kurz davor.«

»Worauf läuft es also hinaus?« fragte Brutal. »Soll er ungestraft davonkommen?«

»Ich habe nicht gewußt, daß der Schwamm naß sein muß«, sagte Percy mit schwacher, mechanischer Stimme. Dies war natürlich die Story, die er vorher geübt hatte, als er einen für Delacroix schmerzhaften Streich anstatt der Katastrophe erwartet hatte, die wir soeben erlebt hatten. »Er war nie naß, wenn wir geprobt haben.«

»Ah, du Arschloch ...«, begann Brutal und wollte auf Percy losgehen. Ich packte ihn wieder und riß ihn zurück. Schritte klapperten auf der Treppe. Ich blickte hinauf und befürchtete, Curtis Anderson zu sehen, doch es war Harry Terwilliger. Seine Wangen waren weiß wie Papier und seine Lippen purpurn, als hätte er Heidelbeeren gegessen.

Ich wandte meine Aufmerksamkeit wieder Brutal zu. »Um Himmels willen, Brutal, Delacroix ist tot, nichts kann das ändern, und Percy ist es nicht wert.« War der Plan oder der Anfang davon bereits damals in meinem Kopf? Das habe ich mich seither gefragt, glauben Sie mir. Ich habe mich das im Laufe vieler Jahre gefragt und nie eine zufriedenstellende Antwort gefunden. Ich nehme an, es macht nicht viel aus. Viele Dinge spielen keine Rolle mehr, aber das hält einen nicht davon ab, darüber zu grübeln, wie ich festgestellt habe.

»Ihr redet über mich, als wäre ich ein Dummkopf«, sagte Percy. Es klang immer noch benommen und atemlos – als hätte ihm jemand einen harten Schlag in den Bauch verpaßt –, aber er erholte sich ein bißchen.

»Du *bist* ein Dummkopf, Percy«, sagte ich.

»Hey, du kannst nicht ...«

Ich beherrschte meinen eigenen Drang, ihn zu schlagen, nur mit größter Mühe. Wasser tropfte aus den Backsteinen des Tunnels herab; unsere Schatten geisterten riesig und verzerrt über die Wände wie Schatten in dieser Poe-Geschichte über den großen Affen in der Rue Morgue. Donner grollte, aber hier unten war er gedämpft.

»Ich will nur eines von dir hören, Percy, und das ist die Wiederholung des Versprechens, daß du morgen dein Versetzungsgesuch nach Briar Ridge einreichst.«

»Mach dir deswegen keine Sorgen«, sagte er mürrisch.

Er schaute auf die mit einem Laken zugedeckte Leiche auf dem Karren, blickte fort, sah mir kurz ins Gesicht und blickte wieder weg.

»Das wäre das beste«, sagte Harry. »Andernfalls könntest du Wild Bill Wharton viel besser kennenlernen, als dir lieb ist.« Eine kurze Pause. »Wir könnten dafür sorgen.«

Percy hatte Angst vor uns, und er fürchtete sich vermutlich vor dem, was wir vielleicht taten, wenn er noch hier war und wir herausfanden, was er bei Jack Van Hay über den Schwamm gefragt hatte und warum er immer in Salzlake getränkt war, aber Harrys Erwähnung von Wharton brachte wirklich Entsetzen in seine Augen. Ich sah ihm an, daß er sich erinnerte, wie Wharton ihn gepackt hatte, durch sein Haar gestreichelt und ihm einen schwulen Antrag gemacht hatte.

»Das würdet ihr nicht wagen«, flüsterte Percy.

»Doch, das würde ich«, erwiderte Harry ruhig. »Und weißt du was? Ich würde damit durchkommen. Weil du bereits gezeigt hast, daß du höllisch unvorsichtig bei Gefangenen bist. Und unfähig dazu.«

Percy ballte die Hände zu Fäusten, und seine Wangen färbten sich rötlich. »Ich bin nicht . . .«

»Klar bist du ein unfähiges Arschloch«, sagte Dean, der zu uns aufschloß. Wir bildeten einen groben Halbkreis um Percy am Fuß der Treppe, und sogar der Rückzug durch den Tunnel war blockiert; der Leichenkarren stand hinter Percy mit der Ladung von verbranntem Fleisch unter dem alten Laken. »Du hast soeben Delacroix bei lebendigem Leib verbrannt. Wenn das keine Unfähigkeit ist, was ist es dann?«

Percys Blick flackerte. Er hatte geplant, sich durch angebliche Unwissenheit zu schützen; und jetzt erkannte er, daß er in der eigenen Falle gefangen war. Ich weiß nicht, was er vielleicht als nächstes gesagt hätte, denn in diesem Augenblick kam Curtis Anderson die Treppe herunter. Wir hörten ihn und zogen uns ein wenig von Percy zurück, damit es nicht ganz so bedrohlich aussah.

»Was, verdammt noch mal, hatte das alles zu bedeuten?« brüllte Anderson. »Mein Gott, dort oben ist der ganze Boden vollgekotzt! Und der Gestank! Ich habe von Magnusson und Toot-Toot beide Türen öffnen lassen, aber der Gestank wird fünf Jahre lang nicht verschwinden, darauf wette ich. Und dieses Arschloch von Wharton *singt* darüber. Ich kann ihn hören!«

»Kann er einen Ton halten, Curtis?« fragte Brutal. Sie wissen, daß man Leuchtgas mit einem einzigen Funken verbrennen und nicht zu Schaden kommen kann, wenn man es tut, bevor die Konzentration zu stark wird? So war dies. Wir starrten Brutus einen Moment lang staunend an, und dann brüllten wir alle los. Unser schrilles, hysterisches Gelächter flatterte wie Fledermäuse den finsteren Tunnel hinauf und zurück. Unsere Schatten verschoben sich und huschten über die Wände. Gegen Ende fiel sogar Percy in das Lachen ein. Schließlich verstummte es, und danach fühlten wir uns alle ein wenig besser. Wieder geistig normal.

»Okay, Jungs«, sagte Anderson, tupfte sich mit seinem Taschentuch über die tränenden Augen und lachte immer noch gelegentlich wie in einem Schluckauf. »Was, zum Teufel, ist passiert?«

»Eine Hinrichtung«, sagte Brutal. Ich denke, sein sehr ruhiger Tonfall überraschte Anderson, aber mich erstaunte er nicht, jedenfalls nicht sehr; Brutal war immer gut darin gewesen, sich auf die Schnelle einer Situation anzupassen. »Eine erfolgreiche.«

»Wie, in Gottes Namen, können Sie eine solche Pleite als erfolgreich bezeichnen? Die Zeugen werden einen Monat lang nicht schlafen! Hölle, die fette alte Schachtel wird vermutlich ein Jahr lang kein Auge zutun!«

Brutal wies auf den Leichenkarren und den Umriß unter dem Laken. »Er ist tot, nicht wahr? Was Ihre Zeugen anbetrifft, die meisten davon werden morgen abend ihren Freunden und Bekannten erzählen, daß es poetische Gerechtigkeit war – Del dort verbrannte eine Reihe Leute bei lebendigem Leib, und so drehten wir den Spieß um und verbrannten *ihn* bei lebendigem Leib. Die Zeugen werden jedoch nicht sagen, daß wir es waren. Sie werden sagen, es war Gottes Wille, den er durch uns ausführen ließ. Vielleicht ist sogar etwas wahr daran. Und wollen Sie den besten Teil wissen? Den absoluten Hammer? Die meisten ihrer Freunde und Bekannten werden wünschen, dabeigewesen zu sein, um es zu sehen.« Als er das sagte, blickte er Percy angewidert und sardonisch an.

»Und wenn ihre Federn ein bißchen zerzaust wurden, na und?« fragte Harry. »Sie haben sich freiwillig für den verdammten Job gemeldet, keiner hat sie als Zeugen eingezogen.«

»Ich wußte nicht, daß der Schwamm naß sein soll«, sagte Percy mit der Stimme eines Roboters. »Er war bei den Proben nie naß.«

Dean blickte ihn angeekelt an. »Wie viele Jahre hast du auf die Klobrille gepinkelt, bis dir jemand gesagt hat, daß du sie vorher hochklappen sollst?« schnarrte er.

Percy öffnete den Mund zu einer Erwiderung, doch ich riet ihm, die Schnauze zu halten. Erstaunlicherweise tat er es. Ich wandte mich an Anderson.

»Percy hat Mist gebaut, Curtis – das ist passiert, schlicht und einfach.« Ich wandte mich Percy zu, und mein Blick warnte ihn, mir nur ja nicht zu widersprechen. Das tat er nicht, vielleicht weil er in meinen Augen las: Es war besser, wenn Anderson *blöder Fehler* hörte als *Absicht*. Und außerdem zählte nicht, was hier unten im Tunnel gesagt wurde. Was zählte, was stets bei den Percy Wetmores dieser Welt zählt, war das, was schriftlich festgehalten oder den hohen Tieren zu Gehör gebracht wurde – den Leuten, die wichtig waren.

Anderson sah uns fünf unsicher an. Er blickte sogar zu Delacroix, aber Del sagte natürlich nichts. »Ich nehme an, es hätte schlimmer sein können«, sagte Anderson.

»Das ist richtig«, pflichtete ich ihm bei. »Er könnte noch am Leben sein.«

Curtis blinzelte – diese Möglichkeit war ihm anscheinend noch nicht in den Sinn gekommen. »Ich will morgen einen kompletten Bericht über diesen Vorfall auf meinem Schreibtisch haben«, sagte er. »Und keiner von euch redet mit Direktor Moores darüber, bis ich Gelegenheit dazu hatte. Verstanden?« Wir nickten heftig. Wenn Curtis Anderson es dem Direktor verklickern wollte, war uns das nur recht.

»Wenn nur keiner dieser Schreiberlinge es in die Zeitungen bringt ...«

»Das werden sie nicht«, sagte ich. »Wenn sie es versuchen, werden ihre Chefredakteure es abwürgen. Zu grausam als Familienlektüre. Aber sie werden es nicht mal versuchen – sie waren heute nacht alle geschockt. Manchmal laufen Dinge schief, das ist alles. Das wissen sie so gut wie wir.«

Anderson dachte darüber nach und nickte dann. Er wandte sich Percy zu, und ein angewiderter Ausdruck war auf seinem für gewöhnlich freundlichen Gesicht. »Sie sind ein kleines Arschloch«, sagte er, »und ich kann Sie kein bißchen leiden.« Er nickte zufrieden, als er Percys entgeisterte Miene sah. »Und wenn Sie Ihren hochgestochenen Freunden erzählen, daß ich das gesagt habe, dann werde ich es leugnen, bis Tante Rhodys alte graue Gans wieder zum Leben erwacht, und diese Männer werden für mich eintreten. Sie haben ein Problem, Sohn.«

Er machte kehrt und stieg die Treppe hinauf. Ich ließ ihn vier Stufen hinaufgehen und sagte dann: »Curtis?«

Er blieb stehen und wandte sich mit erhobenen Augenbrauen um, ohne etwas zu sagen.

»Sie brauchen sich wegen Percy keine Sorgen zu machen«, sagte ich. »Er läßt sich bald nach Briar Ridge versetzen. Dort hat er größere und bessere Aufgaben. Nicht wahr, Percy?«

»Sobald sein Versetzungsgesuch genehmigt ist«, fügte Brutal hinzu.

»Und bis dahin meldet er sich jede Nacht krank«, warf Dean ein.

Das erregte Percys Zorn, denn er arbeitete noch nicht lange genug im Gefängnis, um Zeit anzusammeln, die bei Krankmeldungen verrechnet wurde. Er schaute Dean angewidert an. »Davon kannst du träumen.«

6

Wir waren um Viertel nach eins wieder im Block (mit Ausnahme von Percy, der den Hinrichtungsraum saubermachen mußte und den Job mürrisch erledigte), und ich mußte einen Bericht schreiben. Ich entschloß mich, es am Wachpult zu tun; wenn ich mich auf meinen bequemen Bürostuhl setzte, würde ich wahrscheinlich eindösen. Das kommt Ihnen vielleicht angesichts dessen, was erst vor einer Stunde geschehen war, merkwürdig vor, aber ich hatte das Gefühl, seit elf Uhr in der vergangenen Nacht drei Leben gelebt zu haben, alle ohne Schlaf.

John Coffey stand an seiner Zellentür, und Tränen rannen aus seinen Augen, die sonderbar wie in weite Ferne blickten – es war, als liefe Blut aus einer unheilbaren, aber sonderbar schmerzlosen Wunde. Näher zum Pult saß Wharton auf seiner Pritsche, wiegte sich hin und her und sang ein Lied, das er offenbar erfunden hatte und das nicht mal ganz blödsinnig war. Soweit ich mich erinnere, ging es so:

Grill-Party, Dabbadabbadu
Stinke, stinke, puh-puh-puh!
Es war nicht Billy oder Philadelphia Philly,
Es war nicht Jackie oder Rourke!
Es war ein kleiner Warmer, eine heiße Gurke
Mit Namen Delacroix, hahaha!

»Halt die Klappe, du Blödmann«, sagte ich.

Wharton grinste und zeigte seine absterbenden Zähne. *Er* starb nicht, jedenfalls noch nicht; er war da, glücklich, praktisch Step tanzend. »Komm her, wenn du was auf die Nase haben willst, oder traust du dich nicht?« Und dann begann er einen anderen Vers des »Grillparty-Songs« und reimte nicht ganz so blindlings. Dort in der Zelle war was los, das muß ich sagen. Eine Art unreife und widerliche Intelligenz, die – auf ihre Weise – fast brillant war.

Ich ging zu John Coffey. Er wischte sich seine Tränen mit dem Handballen fort. Seine Augen waren rot und wirkten wie entzündet, und er sah aus, als wäre er ebenfalls erschöpft. Ich weiß nicht, warum er das hätte sein sollen, ein Mann, der vielleicht zwei Stunden über den Hof schlurfte und den Rest der Zeit in seiner Zelle saß oder lag, aber ich bezweifelte nicht, was ich sah. Es war zu deutlich.

»Armer Del«, sagt er mit leiser, heiserer Stimme. »Armer alter Del.«

»Ja«, sagte ich. »Armer alter Del. John, bist *du* okay?«

»Er hat es hinter sich«, sagte Coffey. »Del hat es hinter sich, nicht wahr, Boß?«

»Ja. Beantworte meine Frage, John. Bist du okay?«

»Del hat es hinter sich, er ist der Glückliche. Ganz gleich, wie es geschah, er ist der Glückliche.«

Ich dachte, Delacroix hätte ihm da widersprochen, aber das sagte ich nicht. Statt dessen spähte ich in Coffeys Zelle. »Wo ist Mr. Jingles?«

»Ist dort runter gerannt.« Coffey wies durch die Gitterstäbe den Gang hinunter zur Tür der Gummizelle.

Ich nickte. »Nun, er wird zurückkommen.«

Aber das war nicht der Fall; Mr. Jingles' Tage auf der Green Mile waren vorüber. Die einzige Spur von ihm, auf die wir jemals stießen, war das, was Brutal in diesem Winter fand: ein paar bunte Holzsplitter und der Geruch von Pfefferminzbonbons, der aus einem Loch in einem Balken drang.

Ich wollte dann fortgehen, aber ich tat es nicht. Ich schaute John Coffey an, und er sah mich an, als wüßte er alles, was ich dachte. Eine innere Stimme forderte mich auf, wegzugehen, zum Wachpult zurückzukehren und meinen Bericht zu schreiben. Statt dessen sagte ich seinen Namen: »John Coffey.«

»Ja, Boß?« erwiderte er sofort.

Manchmal ist man dazu verdammt, etwas unbedingt wissen zu wollen, und so war es mit mir in diesem Augenblick. Ich ließ mich auf ein Knie sinken und zog einen meiner Schuhe aus.

7

Der Regen hatte aufgehört, als ich heimkehrte, und ein später, grinsender Mond tauchte über den Hügeln im Norden auf. Meine Schläfrigkeit war anscheinend mit den Wolken verschwunden. Ich war hellwach, und ich konnte Delacroix an mir riechen. Ich dachte, daß ich ihn auf meiner Haut – Grillparty, stinke stinke, puh-puh-puh – noch lange riechen würde.

Janice war noch auf und erwartete mich wie immer in Hinrichtungsnächten. Ich wollte ihr die Geschichte nicht erzählen, sah keinen Sinn darin, sie damit zu quälen, doch sie sah mein Gesicht, als ich die Küche betrat, und wollte alles wissen. So setzte ich mich hin, nahm ihre warmen Hände in meine kalten (die Heizung in meinem alten Ford funktionierte kaum, und seit dem Gewitter war die Temperatur stark gesunken) und erzählte ihr alles, was sie glaubte hören zu wollen. Ungefähr in der Mitte der Geschichte brach ich heulend zusammen, was ich nicht erwartet hatte. Ich schämte mich, aber nur ein bißchen; es war Janice, verstehen Sie, und sie maß mich nie an den Zeiten, an denen ich von dem Weg abwich, den ein Mann einhalten sollte ... den Weg, den ich jedenfalls einhalten wollte. Ein Mann mit einer guten Frau ist das glücklichste von Gottes Geschöpfen, und einer ohne muß zu den unglücklichsten zählen, denke ich; der einzige wahre Segen ihres Lebens ist, daß sie nicht wissen, wie arm sie dran sind. Ich heulte, und Janice hielt meinen Kopf gegen ihren Busen, und als mein eigenes Gewitter vorüber war, fühlte ich mich besser … jedenfalls ein wenig. Und ich glaube, da sah ich zum erstenmal bewußt meine Idee. Nicht den Schuh; das meine ich nicht. Der Schuh war damit verknüpft, aber anders. Meine *wirkliche* Idee war in diesem Augenblick jedoch eine sonderbare Erkenntnis: daß John Coffey und Melinda Moores, so unterschiedlich sie auch in Größe und Geschlecht und Hautfarbe waren, genau die gleichen Augen hatten: kummervoll, traurig, den Blick wie in die Ferne gerichtet. Sterbende Augen.

»Komm ins Bett«, sagte meine Frau schließlich. »Komm mit mir ins Bett, Paul.«

Das tat ich dann, und wir liebten uns, und als es vorüber war, schlief sie ein. Als ich dort lag und das Grinsen des Mondes beobachtete, dachte ich an John Coffeys Worte, daß er geholfen hatte. *Ich habe Dels Maus geholfen. Ich habe Mr. Jingles geholfen. Er ist eine Zirkusmaus.* Klar. Und vielleicht, sagte ich mir, sind wir alle Zirkusmäuse, die herumlaufen und nicht ahnen, daß Gott und all Seine himmlischen Heerscharen uns durch unsere Plexiglasfenster in unseren Bakelit-Häusern beobachten.

Ich schlief ein wenig, als der Tag heller wurde – zwei Stunden, schätze ich, vielleicht auch drei; und ich schlief, wie ich heute hier in Georgia Pines immer schlafe und damals kaum jemals – mit kleinen Träumen. Ich schlief mit Gedanken an die Kirchen meiner Jugend ein. Die Namen wechselten je nach den Launen meiner Mutter und Schwestern, aber in Wirklichkeit waren sie alle dieselbe, alle die ›Erste Provinz-Kirche Gelobt Sei Jesus, Der Herr Ist Allmächtig‹.

Im Schatten dieser Kirchtürme tauchte der Gedanke an Buße so regelmäßig auf wie das Läuten der Glocke, die den Gläubigen zum Gottesdienst ruft. Nur Gott konnte Sünden vergeben, konnte und tat es, wusch sie fort mit dem Blut Seines gekreuzigten Sohnes, aber veränderte nicht die Verpflichtung Seiner Kinder, für diese Sünden zu büßen (und sogar für ihre einfachen Fehltritte), wann immer es möglich war. Buße war stark; sie war der Riegel der Tür, die man vor der Vergangenheit schloß.

Ich schlief ein und dachte an Buße, an Eduard Delacroix in Flammen, während er auf dem Blitz ritt, an Melinda Moores und meinen großen Jungen mit den endlos weinenden Augen. Diese Gedanken bahnten sich ihren Weg in einen Traum. Darin saß John Coffey an einem Flußufer und schrie seine unverständliche Mondkalb-Trauer hinauf in den Himmel des frühen Sommers, während auf dem anderen Ufer ein Güterzug scheinbar endlos über eine rostige Brücke fuhr, die den Trapingus River überspannte. Auf jedem Arm hielt der Schwarze die Leiche eines nackten blonden Mädchens im Kindesalter. Seine Hände, wie riesige braune Felsen an den Enden dieser Arme, waren zu Fäusten geballt. Um ihn herum zirpten Grillen, flogen Insekten.

Der Tag war heiß. In meinem Traum ging ich zu dem Schwarzen, kniete mich vor ihn hin und ergriff seine Hände. Seine Fäuste öffneten sich und zeigten ihre Geheimnisse. In einer Hand war eine grün und rot und gelb gefärbte Garnspule. In der anderen war ein Schuh eines Gefängniswärters.

»Ich konnte nichts dafür«, sagte John Coffey. »Ich versuchte, es ungeschehen zu machen, aber es war zu spät.«

Und diesmal, in meinem Traum, verstand ich ihn.

8

Am Morgen um neun Uhr, während ich meine dritte Tasse Kaffee auf der Veranda trank (meine Frau sagte nichts, aber ich sah ihr Mißbilligung an, als sie mir die dritte Tasse Kaffee brachte), klingelte das Telefon. Ich ging in die Diele und nahm den Hörer ab. Die Frau von der Vermittlung sagte gerade jemandem, daß er in der Leitung bleiben sollte. Dann wünschte sie mir einen wunderschönen Tag und schaltete sich aus der Leitung ... vermutlich. Bei Telefonistinnen in der Vermittlung konnte man nie ganz sicher sein.

Hal Moores' Stimme erschütterte mich. Sie klang zitternd und krächzend wie die eines Achtzigjährigen. Mir kam in den Sinn, daß die Dinge in der vergangenen Nacht im Tunnel zum Glück mit Curtis Anderson klargegangen waren, daß er genauso über Percy dachte wie wir, denn der Mann, mit dem ich am Telefon sprach, würde höchstwahrscheinlich nie wieder einen Tag im Gefängnis Cold Mountain arbeiten.

»Paul, ich hörte, daß es gestern nacht Probleme gab. Ich erfuhr ebenfalls, daß unser Freund Mr. Wetmore daran beteiligt war.«

»Kleine Schwierigkeiten«, gab ich zu, drückte den Hörer fester ans Ohr und beugte mich näher an die Sprechmuschel. »Aber der Job wurde erledigt. Das ist das Wichtige.«

»Ja, natürlich.«

»Darf ich fragen, wer es Ihnen erzählt hat?« *Damit ich eine Dose an seinen Schwanz binden kann,* dachte ich, aber ich sagte es nicht.

»Sie dürfen fragen, Paul, aber weil es Sie wirklich nichts angeht, werde ich meinen Mund halten. Als ich bei meinem Büro angerufen habe, um festzustellen, ob es irgendwelche Post oder dringende Arbeit gibt, hat man mir etwas Interessantes erzählt.«

»So?«

»Ja, anscheinend ist ein Versetzungsgesuch in meinem Postkörbchen gelandet. Percy Wetmore will so bald wie möglich nach Briar Ridge gehen. Er muß das Versetzungsgesuch noch während der Nachtschicht geschrieben haben, meinen Sie nicht auch?«

»So klingt es«, pflichtete ich bei.

»Normalerweise lasse ich so etwas von Curtis

erledigen, aber angesichts der ... Atmosphäre in Block E in der jüngsten Zeit bat ich Hannah, es mir in der Mittagspause vorbeizubringen. Sie war so nett und und will das tun. Ich werde das Gesuch genehmigen und noch heute nachmittag in die Hauptstadt schicken. Ich denke, es wird nicht länger als einen Monat dauern, bis Sie Percy zum letztenmal sehen – von hinten, wenn er geht. Vielleicht dauert es nicht mal einen Monat.«

Der Direktor erwartete von mir Freude über diese Nachricht, und er hatte ein Recht darauf. Er hatte Zeit von der Pflege seiner Frau abgezweigt, um eine Sache zu erledigen, die sonst vielleicht bis zu einem halben Jahr gedauert hätte, selbst bei Percys Beziehungen.

Dennoch rutschte mein Herz in die Hose. Einen Monat! Aber vielleicht machte das so oder so nicht viel aus. Es räumte den völlig natürlichen Wunsch aus dem Wege, zu warten und eine riskante Unternehmung aufzuschieben, und das, woran ich jetzt dachte, war wirklich riskant. Manchmal ist es besser in so einem Fall, ins kalte Wasser zu springen, bevor man den Mut verliert. Wenn wir mit Percy fertig werden mußten (immer vorausgesetzt, ich konnte die anderen dazu bringen, bei meinem Wahnsinn mitzumachen – mit anderen Worten, immer vorausgesetzt, daß es ein *Wir* gab), konnte es genausogut heute nacht sein.

»Paul? Sind Sie noch da?« Moores sprach mit gesenkter Stimme, als glaubte er, jetzt mit sich selbst zu reden. »Verdammt, ich glaube, die Verbindung ist unterbrochen.«

»Nein, ich bin noch dran, Hal. Das ist eine großartige Nachricht.«

»Ja«, stimmte er zu, und ich dachte wieder betroffen, wie alt er klang. Irgendwie dünn und schwach. »Oh, ich weiß, was Sie denken.«

Nein, Direktor, das weißt du nicht, dachte ich. *Nie in Millionen Jahren kannst du wissen, was ich denke.*

»Sie denken, daß unser junger Freund noch bei der Hinrichtung von Coffey da sein wird. Das stimmt vielleicht – Coffey wird vor dem Thanksgiving Day dran sein, denke ich –, aber Sie können Wetmore wieder in den Schaltraum schicken. Keiner wird etwas dagegen haben. Er auch nicht, sollte man annehmen.«

»Das werde ich tun«, sagte ich. »Hal, wie geht es Melinda?«

Es folgte eine lange Pause – so lang, daß ich hätte annehmen können, *ich* hätte *ihn* aus der Leitung verloren, wenn ich nicht sein Atmen gehört hätte. Als er wieder sprach, war es viel leiser. »Es geht mit ihr bergab.«

Bergab. Dieses Wort benutzten die Alten nicht, um eine sterbende Person zu beschreiben, sondern eine, die sich vom Leben loszulösen beginnt.

»Die Kopfschmerzen sind wohl ein bißchen besser ... im Moment jedenfalls ..., aber sie kann nicht ohne Hilfe gehen, kann nichts mit den Händen greifen und halten und verliert die Kontrolle über ihre Blase, während sie schläft ...« Es folgte wieder eine Pause, und dann sagte Hal mit noch leiserer Stimme etwas, das ich nicht verstand, das aber wie »Sie sucht« klang.

»Was sucht sie, Hal?« fragte ich und runzelte die Stirn. Meine Frau war auf der Türschwelle zur Diele aufgetaucht. Sie trocknete die Hände mit einem Geschirrtuch ab und sah mich an.

»Nein«, sagte Hal Moores mit einer Stimme, die zwischen Ärger und Tränen schwankte. »Sie *flucht*.«

»Oh.« Ich wußte immer noch nicht, was er meinte, aber ich wollte nicht näher darauf eingehen. Das brauchte ich auch nicht, denn er erklärte es von sich aus.

»Sie ist gerade noch in Ordnung, völlig normal, redet über ihren Blumengarten oder ein Kleid, das sie im Katalog sah, oder erzählt vielleicht, wie sie Roosevelt im Radio hörte und wie wunderbar er klang, und plötzlich, wie aus heiterem Himmel, sagt sie die schrecklichsten Dinge, die scheußlichsten ... Wörter. Sie hebt nicht die Stimme. Ich denke, es wäre fast besser, wenn sie das täte, denn dann ... Verstehen Sie, *dann* ...«

»Dann würde sie nicht wie sie selbst klingen.«

»Genau das meine ich«, sagte er dankbar. »Aber sie in dieser schrecklichen Gossensprache mit ihrer süßen Stimme zu hören ... Entschuldigen Sie, Paul.« Seine Stimme brach, und ich hörte, wie er sich räusperte. Dann sprach er weiter, mit etwas festerer Stimme, jedoch ebenso unglücklich. »Sie will, daß Pastor Donaldson rüberkommt, und ich weiß, daß er ein Trost für sie wäre, aber wie kann ich ihn um einen Besuch bitten? Angenommen, er sitzt bei ihr, liest aus der Bibel, und sie beschimpft ihn mit einem obszönen Wort? Das könnte passieren. Sie tat es gestern abend bei mir. Sie sagte: ›Gibst du mir bitte das *Liberty* Magazin, du Arschficker?‹ Paul, wo kann sie solche Ausdrücke gehört haben? Wie kann sie diese Wörter kennen?«

»Ich weiß es nicht. Hal, werden Sie heute abend zu Hause sein?«

Wenn es ihm gutging und er sich unter Kontrolle hatte, nicht von Sorgen oder Kummer gequält wurde, hatte Hal Moores einen scharfen und sarkastischen Humor; seine Untergebenen fürchteten diese Seite von ihm sogar mehr als seinen Zorn oder seine Verachtung, glaube ich. Sein Sarkasmus, für gewöhnlich ungeduldig und oftmals schroff, konnte brennen wie Säure. Ein wenig davon spritzte jetzt auf mich. Es war unerwartet, aber im großen und ganzen freute ich mich darüber. Anscheinend hatte ihn doch nicht aller Mut verlassen.

»Nein, ich werde nicht zu Hause sein«, sagte er. »Ich führe Melinda zum Tanz aus, wir legen eine flotte Sohle beim Square dance aufs Parkett und sagen dann dem Geiger, daß er ein Wichser und Hühnerficker ist.«

Ich schlug die Hand vor den Mund, um nicht zu lachen. Glücklicherweise ging der Lachreiz schnell vorüber.

»Entschuldigung«, sagte Hal. »Ich habe in letzter Zeit nicht viel geschlafen. Das macht mich grantig. Natürlich sind wir zu Hause. Warum fragen Sie?«

»Ich nehme an, es spielt keine Rolle«, sagte ich.

»Sie dachten doch nicht daran, vorbeizukommen, oder? Denn wenn Sie gestern nacht Dienst hatten, dann haben Sie heute abend Dienst. Oder haben Sie mit jemandem getauscht?«

»Nein, ich habe nicht getauscht«, sagte ich. »Ich habe heute abend Dienst.«

»Es wäre ohnehin keine gute Idee bei Melindas Verfassung.«

»Vielleicht nicht. Danke für Ihre Neuigkeiten.«

»Gern geschehen. Beten Sie für meine Melinda, Paul.«

Ich versprach es und dachte, daß ich vielleicht ein bißchen mehr tun würde als beten. Gott hilft denjenigen, die sich selbst helfen, wie es in der Kirche »Gelobt Sei Jesus, Der Herr Ist Allmächtig« heißt. Ich hängte den Hörer ein und schaute Janice an.

»Wie geht's Melly?« fragte sie.

»Nicht gut.« Ich erzählte ihr, was Hal mir gesagt hatte, einschließlich ihres Fluchens, wobei ich jedoch die Kraftausdrücke wegließ. Ich schloß mit Hals Wort *bergab,* und Janice nickte traurig. Dann musterte sie mich genauer.

»Wie denkst du darüber? Du denkst *irgend etwas,* vielleicht nichts Gutes. Ich sehe es dir an.«

Lügen kam nicht in Frage; so gingen wir nicht miteinander um. Ich sagte ihr nur, es sei das beste, sie wisse es nicht, jedenfalls im Augenblick.

»Ist es ... kann es dich in Schwierigkeiten bringen?« Sie klang nicht alarmiert – mehr interessiert –, was eines der Dinge ist, die ich immer an ihr geliebt habe.

»Vielleicht«, sagte ich.

»Ist es eine gute Sache?«

»Vielleicht«, wiederholte ich. Ich hatte immer noch die Hand auf dem Telefonhörer.

»Möchtest du, daß ich dich allein lasse, während du telefonierst?« fragte sie. »Daß ich ein gutes Frauchen bin und abwasche oder bügele?«

Ich nickte. »So würde ich es nicht formulieren, aber ...«

»Haben wir Gäste beim Mittagessen, Paul?«

»Ich hoffe es«, sagte ich.

9

Ich erwischte Brutal und Dean sofort, denn beide hatten Telefon. Harry hatte keins, damals jedenfalls nicht, aber ich kannte die Telefonnummer von seinem nächsten Nachbarn. Harry rief zwanzig Minuten später zurück, sehr verlegen, weil es ein R-Gespräch war, und mit dem Versprechen, ›seinen Anteil‹ zu zahlen, wenn unsere nächste Telefonrechnung kam. Ich sagte ihm, daß wir diese Eier zählen würden, wenn sie gelegt waren, und fragte ihn, ob er zum Mittagessen rüberkommen konnte. Brutal und Dean würden hier sein, und Janice hatte versprochen, ihren berühmten Krautsalat zu machen ... ganz zu schweigen von ihrem noch berühmteren Apfelkuchen.

»Ein Mittagessen, einfach so?« Harry klang skeptisch.

Ich gab zu, daß ich etwas mit ihnen besprechen wollte, über das man am Telefon nicht reden konnte. Harry stimmte zu. Ich hängte den Hörer ein, ging zum Fenster und schaute nachdenklich hinaus. Obwohl wir die Spätschicht hatten, waren durch meine Anrufe weder Brutal noch Dean geweckt worden, und Harry hatte ebenfalls nicht geklungen, als wäre er eben erst aus dem Traumland gekommen. Anscheinend hatte nicht nur ich Probleme mit den Ereignissen der letzten Nacht, und angesichts der Verrücktheit, die ich im Sinn hatte, war das vielleicht gut.

Brutal, der am nächsten bei mir wohnte, traf um Viertel nach elf ein. Dean tauchte eine Viertelstunde später auf, und Harry – schon in Dienstkleidung – kam ungefähr fünfzehn Minuten nach Dean. Janice servierte uns in der Küche Roastbeef-Sandwiches, Krautsalat und Eistee. Noch vor einem Tag hätten wir auf der Veranda gegessen und wären froh über eine Brise gewesen, doch seit dem Gewitter war die Temperatur um gut fünfzehn Grad gefallen, und ein scharfer kühler Wind wehte von den Hügeln.

»Du kannst dich gern zu uns setzen«, sagte ich zu meiner Frau.

Sie schüttelte den Kopf. »Ich bezweifle, daß ich wissen will, was ihr ausheckt – ich werde mir weniger Sorgen machen, wenn ich nichts darüber weiß. Ich werde im Wohnzimmer essen. Ich habe diese Woche Besuch von Miss Jane Austen, und sie ist eine sehr gute Gesellschaft.«

»Wer ist Jane Austen?« fragte Harry, als Janice fort war. »Eine Cousine? Von dir oder von Janice? Ist sie hübsch?«

»Sie ist eine Schriftstellerin, du Blödmann«, sagte Brutal. »Die ist tot, praktisch seit Betsy Ross die Sterne an die erste Flagge heftete.«

»Oh.« Harry wirkte verlegen. »Ich bin kein großer Leser. Ich lese hauptsächlich das Radioprogramm.«

»Was hast du vor, Paul?« fragte Dean.

»Fangen wir mit John Coffey und Mr. Jingles an.« Sie blickten mich überrascht an, was ich erwartet hatte – sie hatten gedacht, ich wollte mit ihnen entweder über Delacroix oder Percy reden. Vielleicht über beide. Ich schaute Dean und Harry an. »Die Sache mit Mr. Jingles – was Coffey getan hat – geschah ziemlich schnell. Ich weiß nicht, ob ihr rechtzeitig da wart, um zu sehen, wie kaputt die Maus war.«

Dean schüttelte den Kopf. »Aber ich habe das Blut auf dem Boden gesehen.«

Ich wandte mich an Brutal.

»Dieser Hurensohn Percy hat sie zerstampft«, sagte er. »Sie hätte tot sein müssen, aber sie starb nicht. Coffey machte etwas mit ihr. Heilte sie irgendwie. Ich weiß, wie das klingt, aber ich sah es mit eigenen Augen.«

Ich sagte: »Er heilte mich ebenfalls, und ich sah

es nicht nur, ich *spürte* es.« Ich erzählte ihnen von meiner Blaseninfektion – wie sie wieder aufgetreten und wie schlimm sie gewesen war (ich wies aus dem Fenster zu dem Holzstapel, an dem ich mich an jenem Morgen festhalten mußte, als der Schmerz mich auf die Knie trieb) und wie sie völlig verschwunden war, nachdem Coffey mich berührt hatte.

Als ich fertig erzählt hatte, saßen sie da und dachten eine Weile darüber nach, wobei sie ihre Sandwiches verzehrten.

Dann sagte Dean: »Schwarze Dinger wie Insekten kamen aus seinem Mund.«

»Das stimmt«, bestätigte Harry. »Sie waren zuerst schwarz. Dann wurden sie weiß und verschwanden.« Er blickte nachdenklich vor sich hin. »Ich war verdammt nahe daran, die ganze Sache zu vergessen, bis du sie zur Sprache gebracht hast, Paul. Ist das nicht komisch?«

»Nichts daran ist komisch«, sagte Brutal. »Ich denke, das tun die Leute immer bei Sachen, die sie nicht verstehen können – sie vergessen sie einfach. Es ist nicht sehr gut für die Leute, sich an etwas zu erinnern, das keinen Sinn ergibt. Wie war es bei dir, Paul? Waren da Insekten, als er dich heilte?«

»Ja. Ich denke, sie waren die Krankheit ... die Qual ... der Schmerz. Er nahm es in sich auf und entließ es wieder in die Luft.«

»Wo es starb«, sagte Harry.

Ich zuckte die Achseln. Ich wußte nicht, ob es starb oder nicht, war mir nicht sicher, ob das überhaupt eine Rolle spielte. »Hat er es aus dir herausgesaugt?« fragte Brutal. »Es sah aus, als hätte er es aus der Maus gesaugt. Den Schmerz. Den ... du weißt schon. Den Tod.«

»Nein«, sagte ich. »Er hat mich nur berührt. Und ich habe es gespürt. Eine Art Schlag wie von Elektrizität, nur nicht schmerzhaft. Aber ich lag nicht im Sterben, ich war nur krank.«

Brutal nickte. »Die Berührung und der Atem. Wie man es von diesen Gospelsängern hört.«

»Gelobt sei Jesus, der Herr ist allmächtig«, sagte ich.

»Ich weiß nicht, ob Jesus darin vorkommt«, sagte Brutal. »Aber mir scheint, John Coffey ist ein mächtiger Mann.«

»Also gut«, sagte Dean. »Wenn ihr sagt, daß all dies geschehen ist, glaube ich es. Gott bewirkt auf geheimnisvolle Weise Seine Wunder. Aber was hat das alles mit uns zu tun?«

Nun, das war die große Frage, nicht wahr? Ich holte tief Luft und erzählte ihnen, was ich vorhatte. Sie hörten verblüfft zu. Sogar Brutal, der gern diese Schmöker mit den Geschichten über grüne Männchen aus dem Weltraum liest, wirkte baff. Als ich diesmal zu Ende erzählt hatte, war das Schweigen länger, und keiner kaute mehr auf den Sandwiches herum.

Schließlich sagte Brutus Howell in ruhigem, sachlichem Tonfall: »Wir würden unsere Jobs verlieren, wenn wir erwischt werden, Paul, und wir könnten uns verdammt glücklich preisen, wenn das alles ist, was passiert. Wir könnten in

Block A als Gäste des Staates enden, Brieftaschen nähen und paarweise duschen.«

»Ja«, sagte ich. »Das könnte passieren.«

»Ich kann deine Gefühle ein wenig verstehen«, fuhr Brutal fort. »Du kennst Moores besser, als wir ihn kennen – er ist nicht nur der Boß, sondern auch dein Freund –, und ich weiß, daß du viel an seine Frau denkst ...«

»Sie ist die netteste Frau, die du dir vorstellen kannst«, sagte ich, »und sie bedeutet für ihn die Welt.«

»Aber wir kennen sie nicht so gut wie du und Janice«, sagte Brutal. »Das mußt du zugeben, Paul.«

»Du würdest sie mögen, wenn du sie kennst«, sagte ich. »Jedenfalls, wenn du sie kennengelernt hättest, bevor sie krank wurde. Sie tut vieles für die Gemeinde, sie ist eine gute Freundin, und sie ist religiös. Mehr noch, sie ist lustig. War es jedenfalls. Sie konnte Dinge erzählen, bei denen man lachte, bis einem die Tränen kamen. Aber keiner dieser Punkte ist der Grund, weshalb ich helfen will, sie zu retten, wenn sie gerettet werden kann. Was mit ihr passiert, ist eine *Beleidigung*, gottverdammt, eine *Beleidigung*. Der Augen, der Ohren und des Herzens.«

»Sehr nobel, aber ich bezweifle höllisch, daß du deshalb diesen Fimmel hast«, sagte Brutal. »Ich nehme an, es hat was mit dem zu tun, was mit Del passierte. Du willst es irgendwie ausgleichen.«

Und er hatte recht. Natürlich hatte er recht. Ich

kannte Melinda besser, als sie sie kannten, aber letzten Endes vielleicht nicht gut genug, um die Jungs zu bitten, ihre Jobs für sie aufs Spiel zu setzen ... und möglicherweise sogar ihre Freiheit. Oder, was das anbetraf, meinen eigenen Job und meine Freiheit aufs Spiel zu setzen. Ich hatte zwei erwachsene Kinder, und ich wollte natürlich nicht, daß meine Frau ihnen schreiben mußte, daß ihrem Vater der Prozeß gemacht und er verurteilt wurde als ... nun, was würde das sein? Ich wußte es nicht mit Sicherheit. Anstiftung und Beihilfe zu einem Fluchtversuch war das wahrscheinlichste.

Aber der Tod von Eduard Delacroix war das Widerlichste, Übelste, das ich je in meinem Leben erlebt hatte – nicht nur in meinem Berufsleben, sondern im ganzen Leben –, und ich war daran beteiligt gewesen. Wir *alle* hatten daran teilgenommen, denn wir hatten zugelassen, daß Percy Wetmore blieb, obwohl wir wußten, daß er schrecklich untauglich für die Arbeit in Block E war. Wir hatten mitgespielt. Sogar Direktor Moores war beteiligt gewesen. »Seine Eier werden braten, ob Wetmore dabei ist oder nicht.« So oder ähnlich hatte er es formuliert, und vielleicht war das gut genug, wenn man bedachte, was der kleine Franzose getan hatte, aber am Ende hatte Percy viel mehr getan, als Dels Eier zu braten; er hatte dem kleinen Mann die Augäpfel aus den Höhlen geblasen und ihm das Gesicht verbrannt. Und warum? Weil Del ein mehrfacher Mörder war? Nein. Weil sich Percy in die Hosen gemacht hatte und der kleine Cajun so frech gewesen war, ihn auszulachen. Wir waren an einer ungeheuerlichen Tat beteiligt gewesen, und Percy kam ungestraft davon. Er würde nach Briar Ridge gehen, glücklich wie eine Muschel bei Flut, und dort würde er eine ganze Anstalt voller Irren haben, an denen er seine Grausamkeiten begehen konnte. Daran konnten wir nichts ändern, aber vielleicht war es nicht zu spät, um etwas von dem Dreck an unseren eigenen Händen abzuwaschen.

»In meiner Kirche nennt man es Buße, nicht Ausgleich«, sagte ich, »aber ich nehme an, es läuft auf das gleiche hinaus.«

»Denkst du wirklich, Coffey könnte sie retten?« fragte Dean. »Einfach ... diesen Gehirntumor aus ihrem Kopf ... saugen? Als wäre es ein ... Pfirsichkern?«

»Ich denke, er kann das. Es ist natürlich nicht sicher, aber nach dem, was er bei mir getan hat ... und Mr. Jingles ...«

»Diese Maus war regelrecht zerstampft«, sagte Brutal.

»Aber würde er es *tun*?« überlegte Harry.

»Wenn er das kann, wird er es tun«, sagte ich.

»Warum? Coffey kennt sie nicht einmal!«

»Weil es seine Art ist. Weil Gott ihn dafür erschaffen hat.«

Brutal machte eine Schau daraus, in die Runde zu blicken und uns alle daran zu erinnern, daß jemand fehlte. »Und was ist mit Percy? Meinst du, der würde das einfach durchgehen lassen?«

fragte er, und so erzählte ich ihm, was ich mit Percy im Sinn hatte. Als ich fertig war, starrten Harry und Dean mich verblüfft an, und ein bewunderndes Grinsen stahl sich in Brutals Gesicht.

»Ziemlich verwegen, Bruder Paul!« sagte er. »Es verschlägt mir den Atem!«

»Aber das wäre *der* Hammer!« Dean flüsterte fast, und dann lachte er laut und klatschte in die Hände wie ein Kind. Sie werden sich daran erinnern, daß Dean ein besonderes Interesse an dem Teil meines Plans hatte, der Percy betraf – Percy hatte schließlich tatenlos zugesehen, als Dean fast umgebracht worden wäre.

»Ja, aber was kommt danach?« fragte Harry. Er klang verdrossen, doch seine Augen verrieten ihn; sie glänzten, die Augen eines Mannes, der überzeugt werden will. »Was dann?«

»Es heißt, Tote reden nicht«, sagte Brutal, und ich blickte schnell zu ihm, um mich zu vergewissern, daß er scherzte.

»Ich denke, er wird den Mund halten«, sagte ich.

»Tatsächlich?« Dean blickte skeptisch drein. Er nahm seine Brille ab und begann die Gläser zu polieren. »Davon mußt du mich überzeugen.«

»Erstens wird er nicht wissen, was wirklich geschah – er ist auf sein eigenes Urteil angewiesen und wird denken, es wäre nur ein Streich. Zweitens – und noch wichtiger –, *er wird Angst haben, etwas zu sagen.* Darauf zähle ich wirklich. Wir sagen ihm, wenn er Briefe schreibt oder telefoniert, dann schreiben *wir* auch Briefe und telefonieren.«

»Über die Hinrichtung«, sagte Harry.

»Und über seine Untätigkeit, als Dean von Wharton angegriffen wurde«, sagte Brutal. »Ich denke, Percy Wetmore hat wirklich Angst, daß Leute das erfahren.« Er nickte langsam und nachdenklich. »Es könnte klappen. Aber, Paul ... würde es nicht vernünftiger sein, Mrs. Moores zu Coffey zu bringen anstatt Coffey zu Mrs. Moores? Wir würden uns sehr gut um Percy kümmern, wie du es geplant hast, und sie dann durch den Tunnel hereinbringen anstatt Coffey auf diesem Weg hinaus.«

Ich schüttelte den Kopf. »Das ist unmöglich. Völlig ausgeschlossen.«

»Wegen Direktor Moores?«

»Genau richtig. Er ist so stur, daß der Ungläubige Thomas dagegen wie Johanna von Orleans aussieht. Wenn wir Coffey in sein Haus bringen, können wir ihn überraschen, und er läßt Coffey wenigstens einen Versuch machen. Aber sonst ...«

»Was benutzen wir als Fahrzeug?« fragte Brutal.

»Ich dachte zuerst an die Postkutsche«, sagte ich. »Aber ich nehme an, wir bekommen den Gefangenentransporter nicht unbemerkt vom Hof, und jeder im Umkreis von zwanzig Meilen weiß, wie er aussieht. Vielleicht können wir meinen Ford nehmen.«

»Wieder ein Vielleicht«, sagte Dean und setzte

seine Brille auf die Nase. »Du kannst Coffey nicht in deinen Wagen bekommen, nicht mal nackt, wenn du ihn mit Schmalz bestreichst und einen Schuhlöffel benutzt. Du hast ihn so oft gesehen, daß du vergessen hast, wie groß er ist.«

Darauf hatte ich keine Antwort. Ich hatte mich an diesem Morgen hauptsächlich auf das Problem Percy konzentriert – und auf das geringere, aber nicht unerhebliche Problem Wild Bill Wharton. Jetzt wurde mir klar, daß der Transport nicht so einfach sein würde, wie ich gehofft hatte.

Harry Terwilliger nahm den Rest seines zweiten Sandwiches, schaute kurz darauf und legte es wieder hin. »Wenn wir wirklich diese verrückte Sache durchziehen«, sagte er, »könnten wir meinen Pickup-Truck benutzen. Coffey hinten draufsetzen. Zu dieser Uhrzeit werden nicht viele Leute auf den Straßen sein. Wir reden von weit nach Mitternacht, nicht wahr?«

»Ja«, sagte ich.

»Ihr Jungs vergeßt eines«, sagte Dean. »Ich weiß, daß Coffey ziemlich ruhig war, seit er zum Block kam, und meistens auf seiner Pritsche lag und heulte, aber er ist ein *Mörder*. Und er ist *riesig*. Wenn er sich entschließt, aus Harrys Truck zu türmen, können wir ihn nur stoppen, indem wir ihn erschießen. Und bei einem solchen Riesen ist das gar nicht so leicht. Angenommen, wir können ihn nicht an einer Flucht hindern? Und angenommen, er bringt noch jemanden um? Ich verliere ungern meinen Job und gehe ungern in den Knast, als Gefangener, meine ich – ich muß eine

Frau und Kinder ernähren –, aber ich habe ebenso ungern den Tod eines kleinen Mädchens auf dem Gewissen.«

»Das wird nicht passieren«, sagte ich.

»Wie kannst du da so sicher sein?«

Ich gab keine Antwort.

Ich wußte einfach nicht, wie ich anfangen sollte. Mir war natürlich klar gewesen, daß dies zur Sprache kommen würde, aber ich wußte immer noch nicht, wie ich ihnen erzählen sollte, was ich wußte. Brutal half mir.

»Du glaubst nicht, daß er es getan hat, Paul?« Er schaute mich ungläubig an. »Du hältst diesen großen Einfaltspinsel für unschuldig.«

»Ich bin mir ganz sicher, daß er unschuldig ist«, sagte ich.

»Wie kannst du das sein?«

»Aus zweierlei Gründen«, sagte ich. »Einer ist mein Schuh.« Ich neigte mich vor und begann zu erzählen.

ENDE DES 4. TEILS